Deseo®

AF887966

# Un corazón al descubierto

Juliet Burns

HARLEQUIN®

Editado por HARLEQUIN IBÉRICA, S.A.
Hermosilla, 21
28001 Madrid


UN CORAZÓN AL DESCUBIERTO, Nº 1394 - 13.7.05
Título original: High-Stakes Passion
Publicada originalmente por Silhouette® Books



I.S.B.N.: 84-671-2996-4
Depósito legal: B-23923-2005
Editor responsable: Luis Pugni
Composición: M.T. Color & Diseño, S.L.
C/. Colquide, 6 portal 2 - 3º H, 28230 Las Rozas (Madrid)
Fotomecánica: PREIMPRESIÓN 2000
C/. Algorta, 33. 28019 Madrid
Impresión y encuadernación: LITOGRAFÍA ROSÉS, S.A.
C/. Energía, 11. 08850 Gavá (Barcelona)
Fecha impresion para Argentina: 10.5.06
Distribuidor exclusivo para España: LOGISTA
Distribuidor para México: CODIPLYRSA
Distribuidores para Argentina: interior, BERTRAN, S.A.C. Vélez Sársfield, 1950. Cap. Fed./ Buenos Aires y Gran Buenos Aires, VACCARO SÁNCHEZ y Cía, S.A.
Distribuidor para Chile: DISTRIBUIDORA ALFA, S.A.

# *Capítulo Uno*

–Te he echado de menos, cariño –un duro cuerpo masculino se apretó contra la espalda de Audrey que, sobresaltada, intentó apartarse. Pero él la sujetaba con fuerza por la cintura, besándola torpemente en el cuello–. Te necesito esta noche –su aliento apestaba a cerveza y, cuando deslizó la mano para apretar su trasero, Audrey salió de su estupor y le dio una brutal patada en la espinilla. Luego, de un salto, tomó un cuchillo de la encimera y lo amenazó con él. El hombre se apartó.

Estaba sola en una casa extraña. La única persona que sabía de su presencia allí era su editor...

–¡Maldita sea! –exclamó el hombre, haciendo un gesto de dolor. El pelo casi le tapaba la cara y tenía barba de varios días–. No tenías por qué hacer eso.

Quizá lo de hacerse pasar por cocinera no había sido tan buena idea. Tenía que haber una forma más fácil de que la tomaran en serio en la revista.

–Me ha... tocado –replicó ella, temblando. Aquél no podía ser el campeón de rodeo al que había ido a entrevistar.

–Aparta eso. No voy a hacerte daño.

Incrédula, Audrey reconoció los preciosos ojos azules. No podía ser...

Mark Malone. El vaquero solitario.

Se había caído de un toro en Cheyenne cinco meses antes. La última vez que vio a Mark Malone se lo llevaban en camilla y, a partir de entonces, su agente de prensa se negó a que diera entrevistas. Audrey lo había imaginado en una silla de ruedas... o algo peor.

–¡Es usted!

–¿Soy quién? –Mark se frotaba la pierna dolorida mientras ella dejaba el cuchillo en la encimera. Aunque, con esas patadas letales, no le hacía falta usar un arma. Se había equivocado, no era Jo Beth. Debería haber sabido que ella no aparecería por su casa. Después del accidente, Jo Beth se lió con otra estrella del rodeo.

–El vaquero solitario.

–Ya no –dijo él, con una sonrisa irónica, mirando a la chica, despeinada y en chándal. ¿Cómo había entrado allí? ¿Sería una fan, una reportera? ¿Por qué había entrado en su rancho sin pedir permiso?

–¿Quién es usted?

–Soy la nueva cocinera.

–¿Qué? Mi capataz no me ha dicho nada de una nueva cocinera –contestó él, mirándola de arriba abajo. Demasiado joven, demasiado...

–A lo mejor estaba borracho cuando se lo contó –replicó ella. Nada más decirlo pareció arrepentirse porque se tapó la boca con la mano.

Demasiado bocazas, pensó Mark.

¿Le estaba llamando borracho? Después de la

noticia que le había dado el médico, tenía buenas razones para tomar un par de copas.

–Está despedida. No la quiero aquí.

Si iba a tener que vivir con dolores toda su vida, al menos quería vivir en paz.

–John me contrató, puede preguntárselo. Siento haberle hecho daño, pero...

–Señorita, ha estado a punto... –Mark iba a decir «de dejarme tullido», pero ya estaba tullido–. Vuelva a su casa, no necesito una cocinera.

–Usted necesita algo más que una cocinera –replicó ella, en jarras–. ¡Lo que necesita es un milagro!

Y después, salió de la cocina como una tromba.

Mejor, pensó Mark. No quería tener a nadie espiando en su casa. Suspirando, tomó una botella de whisky y se la llevó al cuarto de estar. Mejor terminar lo que había empezado, se dijo. La pierna lo estaba matando.

Media hora después, el whisky había hecho su trabajo. Medio dormido, Mark estaba viendo un programa de televisión cuando alguien le quitó el mando de la mano.

–La nueva cocinera acaba de decirme que la has despedido –suspiró John, apagando la tele.

–No la quiero aquí. Es demasiado... enérgica.

John era algo más que su capataz. Era lo más parecido a un padre para él.

–¿Cuándo fue la ultima vez que tomaste una comida decente?

Mark le quitó el mando y volvió a encender la televisión.

–Estoy perfectamente.

–¡Pero yo no! ¡No puedo verte así! –exclamó John, colocándose frente a la pantalla–. Mira, hijo, he sido muy paciente contigo. Sé que has tenido mala suerte, pero nunca antes te habías dejado abatir así. Tienes que seguir adelante...

–Déjalo, John –lo interrumpió Mark, apretando los dientes. Le habían arrebatado lo único que sabía hacer, lo único que le hacía olvidar quién era en realidad. Y sólo quería que lo dejasen en paz.

Sacudiendo la cabeza, John masculló una palabrota, algo que nunca había hecho antes.

–Como quieras. Escóndete del mundo. Pero si quieres que me quede, la chica se queda también. Además de cocinar, se ha comprometido a limpiar la casa...

–No necesito...

–Ya se han marchado dos empleadas y hay que adecentar esta casa si quieres venderla –lo interrumpió el capataz–. Hemos tenido suerte de que haya querido quedarse después de ver este desastre.

Mark no dijo nada y, desesperado, John se dio la vuelta.

–John –lo llamó Mark entonces. El hombre se volvió, con expresión desolada–. Muy bien. Puede quedarse.

Después de hablar con John por teléfono, Audrey se metió en la cama, pero no podía dormir. Había estado toda la tarde limpiando la cocina y estaba agotada. Pero no era eso lo que le quitaba el sueño.

Todas las fantasías sobre su héroe habían quedado reducidas a nada. Si no hubiera estado tan desesperada por conseguir esa entrevista, habría vuelto a Dallas sin mirar atrás.

Había llegado al rancho aquella misma mañana, llena de ilusiones, pero lo que se encontró fue una casa prácticamente sin muebles, desordenada y sucia. El olor a comida podrida, cerveza y tabaco apestaba todas las habitaciones. La mesa de la cocina estaba cubierta de platos, ceniceros y botellas vacías de cerveza...

Respirando profundamente, Audrey golpeó la almohada con el puño. No podía creer que ese borracho fuera el héroe que la había rescatado nueve años atrás. Cerrando los ojos, recordó la noche que se conocieron...

Ella estaba en el establo, frente al cajón de Lone Star, escribiendo un artículo para el periódico del instituto.

–¡Oye, gorda! ¿No te has equivocado de edificio? Los cerdos están en el otro.

El comentario fue seguido de varias risotadas.

A Audrey se le rompió la punta del lápiz. Oh, no, otra vez no. Era la pandilla de matones que se metía con ella todos los días. Pero no se amedrentó. Se volvió hacia ellos, apretando el cuaderno contra su pecho.

–¡Dejadme en paz!

El jefe de la pandilla se dirigió hacia ella, con expresión amenazadora.

–¿Qué estáis haciendo aquí? –oyó una voz masculina desde la puerta.

Era un hombre muy alto, de hombros anchos.

Ella contuvo el aliento. Era él. Mark Malone, el Vaquero Solitario.

La camisa blanca se pegaba a sus hombros anchísimos y los zahones de cuero llamaban la atención hacia la zona cubierta sólo por los vaqueros.

Audrey estaba como hipnotizada.

–No es asunto suyo –replicó el chico.

Mark Malone tomó al chico de la pechera de la camisa y lo levantó del suelo.

–Me gano la vida montando toros. ¿Sabes lo que significa eso?

El chico sacudió la cabeza frenéticamente.

–No.

–Significa que me da igual vivir o morir. Si no os vais de aquí ahora mismo, os daré una paliza a los cinco –Mark soltó al chico, que dio un paso atrás, asustado, antes de salir corriendo con los demás.

El Vaquero Solitario se acercó a Audrey. Olía a jabón, a cuero y a colonia masculina.

–¿Te han hecho daño? –le preguntó, echándose el sombrero hacia atrás.

–No –contestó ella, tragando saliva mientras miraba los fantásticos ojos azules que había visto tantas veces en las revistas.

–No pasa nada, ya se han ido.

Audrey se había acostumbrado a la idea de que era una chica gordita y sin ningún atractivo, pero en aquel momento habría deseado ser tan guapa como sus hermanas.

–Venga, te acompaño –dijo Mark. El cielo estrellado de Fort Worth brilló sobre sus cabezas cuando salieron del establo–. ¿Cuántos años tienes?

–Voy a cumplir dieciséis –contestó Audrey. Demasiado joven para una estrella del rodeo de veinte años–. Gracias por ayudarme.

Mark sonrió, con expresión cansada.

–Para eso estamos los héroes, ¿no?

Ella se detuvo, sorprendida, al notar el tono sarcástico.

–¡Mark! –gritó una mujer entonces–. Tenemos que irnos, cariño. Has prometido llevarme a casa de Billy Bob.

Mark Malone miró a la guapísima morena. Luego se volvió hacia Audrey y apretó su mano.

–¿Crees que volverán a meterse contigo?

Ella negó con la cabeza y Mark, sonriendo, le dio una palmadita en el brazo antes de alejarse.

Pero, como era un sueño, el Vaquero Solitario no se iba sino que la tomaba en sus brazos y le daba un apasionado beso...

Un molesto ruidito interrumpió el precioso sueño y Audrey, desolada, levantó el brazo para apagar el despertador.

Las cuatro de la mañana. Hora de levantarse para hacer el desayuno.

Mark despertó al amanecer, con el cuello dolorido por la postura. Se había quedado dormido en el sillón otra vez. Cuando intentó levantarse, sintió un terrible dolor en la pantorrilla y tuvo que ir cojeando al cuarto de baño para tomar una aspirina. Tenía los ojos tan rojos que parecían mapas de carretera en miniatura.

Era comprensible que aquella chica no hubiera reconocido al Vaquero Solitario. Se había dejado ir en las últimas semanas... Y era comprensible que John estuviera disgustado. También él estaba asqueado consigo mismo.

Después de tomar la aspirina, entró en su cuarto y se tumbó en la cama. El vago recuerdo de unos labios jugosos y unos pechos grandes invadió sus sentidos. No podía volver a dormirse. Estaba demasiado inquieto.

¿De verdad le había metido mano a esa chica? Menudo imbécil estaba hecho. Tenía que pedirle perdón, decidió. Pero cuando intentó levantarse, el dolor de la pierna se hizo insoportable.

La disculpa podría esperar hasta que hiciera efecto la aspirina, se dijo.

Audrey bajó la escalera, agotada. Al entrar en la cocina, el recuerdo de la noche anterior la asaltó. Incluso borracho, Mark Malone la había dejado sin aliento...

Irritada consigo misma, sacudió la cabeza y se dispuso a trabajar. ¿Por qué bebía?, se preguntó, mientras hacía café. Mark Malone nunca había sido un borracho. Incluso cuando empezaba en el circuito del rodeo, tenía fama de chico formal. Decían de él que usaba su avión privado para llevar a niños huérfanos a las finales de los campeonatos más importantes y que acogía en su rancho a los caballos viejos que ya no servían para el espectáculo.

¿Qué habría pasado después del accidente? Tenía que investigar, se dijo. Y podía empezar preguntando a los peones durante el desayuno.

–Hola –la saludó un hombre alto desde la puerta, mientras se quitaba el sombrero–. Bienvenida al Doble M. Soy John Walsh, el capataz. Hablamos anoche por teléfono.

–Buenos días –sonrió Audrey, mirando al grupo de peones que esperaba en el porche–. Pasen, por favor. El desayuno está casi listo.

John se aclaró la garganta, recordándoles que se limpiaran las botas en el felpudo.

–Voy a presentarle a los chicos –dijo luego, señalando a una docena de hombres–. La señorita Audrey Tyson, éste es Jim. Tenga cuidado con él o echará chiles picantes en la masa del pan.

–Buenos días, señorita.

Luego le presentó a Dalt, rubio, ojos color chocolate y hoyitos en las mejillas.

–Encantado de conocerla –sonrió el joven, con un fuerte acento del sur.

Además de los chicos, había una chica, Ruth, de casi metro ochenta, que parecía poder medirse con cualquier hombre.

Audrey estaba poniendo huevos revueltos con beicon, panecillos y café sobre la mesa cuando un precioso collie entró en la cocina, moviendo la cola.

–¡Curley! –lo regañó John–. Sal de aquí ahora mismo.

El perro, blanco y negro, se apoyó en las piernas de Audrey, como si supiera quién iba a darle de comer.

–No te preocupes, guapo. Yo te guardaré algo de desayuno –sonrió ella, acariciando su cabezota.

Cuando todos estaban sentados a la mesa, Audrey decidió empezar con su investigación.

–Bueno, ¿os gusta trabajar para el Vaquero Solitario?

Un silencio muy poco natural descendió sobre la cocina.

«Tienen la boca llena. Dales un minuto».

Pasó un minuto. Dos. Nadie levantó la mirada.

Muy bien. Quizá un buen reportero tenía que ponerlo más fácil.

–Ha tenido una carrera muy brillante, ¿no? La asociación de profesionales del rodeo quiere hacerle un homenaje.

Jim levantó la mirada.

–¿Le gusta a usted el rodeo?

–Mi padre fue campeón en 1973.

–¿Ah, sí? ¿Cómo se llamaba? –preguntó Dalt.

–¿Has oído hablar de Glenn Tyson?

–No, sólo quería saber si Tyson era tu apellido de soltera. Como no llevas alianza... ¿Tienes novio?

¿Estaba intentando ligar con ella?, se preguntó Audrey, atónita. Pues debía estar desesperado porque ella nunca había sido una mujer guapa.

¿Cómo volver al tema de Mark?, se preguntó entonces.

–En realidad, me estaba reservando para el Vaquero Solitario. No está casado, ¿verdad?

Jim se atragantó con el café y los demás empezaron a soltar risotadas.

Ruth la miraba como si hubiera dicho que quería casarse con Hannibal Lecter.

–Audrey, cariño. No pierdas el tiempo.

–¿Por qué? ¿Tiene novia?

Ruth negó con la cabeza.

–Llevo mucho tiempo trabajando aquí y Mark nunca ha tenido una novia que le durase más de un par de meses. No confía en las mujeres.

–Pero tú eres una mujer.

–Sí, pero no estoy interesada en él. Sólo en sus vacas –sonrió Ruth, levantándose–. Y hablando de vacas, es hora de ir a atenderlas.

La sonrisa de Audrey desapareció. «Yo tampoco estoy interesada en él. Sólo en la historia de su vida», pensó.

Los peones tomaron los bocadillos que les había preparado para el almuerzo y se despidieron, mirándola con una expresión un poco rara.

¿Por qué había creído que sería capaz de escribir un artículo sobre el Vaquero Solitario?, se preguntó.

Por desesperación.

Tenía veinticinco años y llevaba dos en la revista *Dallas Today* esperando que llegara su oportunidad. Pero ya estaba harta de esperar. La nueva Audrey peleaba por lo que quería, pensó, recordando su determinación de darle un giro de ciento ochenta grados a su vida.

Aquella noche, durante la cena, sería más discreta. Si se ganaba su confianza, los peones acabarían por contarle cosas. Tenía la impresión de que Mark Malone era un hombre complicado. Pero si quería escribir su historia, debía averiguar por qué se comportaba como lo hacía. Quizá tenía un pasado violento o era aficionado a las orgías...

Aunque así conseguiría un artículo estupendo, esperaba que no fuera nada de eso. Le dolería tener que bajar a su héroe del pedestal.

Después de fregar una interminable cantidad de platos y tazas, Audrey decidió descansar un momento antes de empezar con el resto de la casa. Salió al porche con un vaso de té helado y disfrutó del fresco olor a pino, del canto de los ruiseñores y del sonido del viento moviéndose entre las ramas de los árboles.

Aquél era un sitio tan tranquilo, sin humo, sin tráfico. Quizá vivir fuera de la ciudad no sería tan insoportable. Y sólo estaba a quince kilómetros de Tyler, si le apetecía ir de compras o al cine.

«Pero si sólo vas a estar aquí dos semanas», se dijo a sí misma.

Entonces oyó un ruido en la cocina y, cuando se volvió, tuvo que contener una exclamación.

Mark estaba en la puerta con gesto impaciente. E impresionante.

Tenía el pelo mojado de la ducha y los vaqueros y la camisa estaban limpios. No se había afeitado, pero seguía siendo igual de guapo. Emanaba una abrumadora masculinidad, pero sus ojos... era horrible verlos tan rojos, tan llenos de dolor.

–Buenos días –dijo, armándose de valor.

Mark hizo una mueca. ¿Aquella rubia era la chica de la noche anterior? Y estaba sonriendo... Incluso después de lo que había pasado.

–Quería pedirle disculpas por lo de anoche –empezó a decir, aclarándose la garganta–. Pensé que era otra persona.

–Y yo siento haberle dado una patada...

–Olvídelo. Me la merecía.

Ella se cruzó de brazos y Mark se fijó en sus pechos. Eran grandes, altos... ¿se daba cuenta de lo atractiva que era?

Su nueva cocinera no era una belleza, pero tenía unos labios jugosos y unos bonitos ojos verdes. Era bajita, voluptuosa. La camiseta ancha no podía esconder sus curvas.

A él siempre le habían gustado las mujeres rellenitas y aquella era una mujer sobre la que un hombre podría tumbarse sin temor a aplastarla. De repente, vio una imagen de sí mismo acariciando esos pechos, metiendo la cabeza entre ellos...

Y tuvo que cambiar de postura. Se había puesto tan duro como la chapa de titanio que tenía en la pierna. Estaba claro que llevaba demasiado tiempo sin estar con una mujer.

–¿Por qué me mira así? –preguntó ella entonces, poniéndose colorada.

–¿Eh? No, no, por nada.

«Cálmate, Malone. Respira profundamente».

–¿Ha quedado algo de desayuno?

–Sí –contestó ella, apartándose el pelo de la cara–. Voy a...

–Déjelo, lo haré yo.

Sin hacerle caso, Audrey entró en la cocina y sacó un plato del horno.

–Le he guardado unos huevos revueltos con beicon. Y si quiere más panecillos... no tardo nada en hacerlos.

Mark respiró profundamente. Olía bien. Hacía tiempo que no tomaba una comida decente, pensó, mientras se sentaba a la mesa.

–¿Se lesionó la pierna en el accidente? –preguntó ella entonces, mirándolo con expresión preocupada.

Él la escondió bajo la mesa. No quería compasión de nadie.

–¿No tiene que limpiar alguna habitación? –le espetó, enfadado.

Audrey dio un paso atrás, cortada. Y luego salió de la cocina con la cabeza bien alta.

Genial, había vuelto a meter la pata, pensó Mark.

No debería haberle hablado así, pero tampoco quería sentirse culpable. Keith lo había mirado con esa misma expresión acusadora cuando Mark se fue de casa. Ésa fue la última vez que vio a su hermano...

Irritado, apartó aquel recuerdo de su mente. Y tampoco iba a pensar en la cocinera, se dijo. Que tuviese una bonita sonrisa no significaba que no fuera como todas las demás.

Seguramente ponía esa cara de pena para manipularlo, como solía hacer su madre. Su madre, que había tenido una aventura detrás de otra... eso le enseñó cómo eran las mujeres. ¿Por qué aquella chica iba a ser diferente?

Cuando miró el plato de beicon, Mark tuvo que contener el deseo de tirarlo contra la pared.

Necesitaba una cerveza.

# *Capítulo Dos*

Audrey se tapó la cara con las manos, intentando contener las lágrimas. Debía estar loca para pensar que, aunque fuera por un segundo, había visto un brillo de admiración en los ojos de Mark Malone. ¿Cómo iba a gustarle? Mark había salido con las mujeres más guapas del mundo... Por supuesto, la noche anterior pensó que era otra persona.

Pero no por eso tenía que esconderse en el baño como una niña.

¿Por qué estaba tan disgustada? ¿Por qué le importaba que un vaquero con resaca la despreciase? Ella era una mujer de veinticinco años, una periodista. Ya no era la niña gordita que había sido cuando le conoció... bueno, no era tan gordita. Y era capaz de enfrentarse hasta con su jefe.

Cuando le presentó al señor Burke la idea del artículo sobre Mark Malone, él la miró con su habitual expresión condescendiente.

–¿Mi pequeña correctora de estilo quiere escribir un artículo sobre el héroe del rodeo? No creo que estés preparada para eso, Audrey. Si quieres escribir algo, ¿qué tal la columna de consejos amorosos durante unos meses?

Audrey sabía que unos meses se convertirían en unos años, como había pasado con su trabajo como correctora. La única forma de convencerlo para que le diese una oportunidad era arriesgarse a conseguir la entrevista por su cuenta.

–Quiero ofrecerle un trato, señor Burke –le dijo, poniendo las manos sobre su escritorio–. Si no vuelvo con un artículo sobre lo que le ocurrió a Mark Malone después del accidente, me encargaré de la columna de consejos. Pero si vuelvo con el artículo, quiero mi propia sección.

El señor Burke se rindió.

–Muy bien, muy bien. La revista necesita un buen artículo para el número de julio. Si puedes conseguir una entrevista exclusiva con el Vaquero Solitario, tendrás tu sección.

Recordar esa conversación le dio valor para volver a la cocina. John Walsh acababa de entrar con una mujer de pelo gris, vaqueros y camisa de franela.

–Tú debes de ser Audrey –sonrió–. Yo soy Helen, la mujer de John.

–Encantada. ¿Queréis un vaso de té helado?

–¿Quiere un toro montar a una vaca? Sí, gracias –dijo John.

–¡John, no seas bruto! –riendo, Helen le dio un golpe en el brazo–. Después de cincuenta años no he podido domarlo, pero tampoco puedo pegarle un tiro.

Como respuesta, John la tomó por la cintura. ¿Seguían enamorados después de tantos años? Ella soñaba con un romance así.

–Sabemos que la casa está hecha un desastre,

pero... –Helen miró a su marido como buscando aprobación–. La recuperación de Mark ha sido lenta y, en fin, ya ves por qué necesita una persona que le cuide.

¿Una recuperación lenta? Ésa era su oportunidad de conseguir respuestas.

–¿El accidente le provocó muchas lesiones?

Helen arrugó el ceño.

–Bueno, el toro le aplastó la pierna derecha...

–¡Qué horror! –exclamó Audrey. Por eso estaba a la defensiva. Esa revelación aumentó su determinación de entrevistarlo. Sabía que ese artículo sería la única forma de afianzar su carrera.

–Estuvo seis semanas en el hospital y luego tuvo que hacer terapia. Tardó dos meses en volver a caminar y tener que retirarse ha sido... en fin, muy duro para él.

–Bueno, yo tengo que irme –dijo John entonces.

–¿Dónde? –exclamó Helen–. Pensé que ibas a enseñarle el rancho.

–No tengo tiempo. Le pediré a Mark que lo haga.

Como si lo hubieran conjurado, Mark apareció con una cerveza en la mano.

–Hola, Helen. ¿Qué tal la artritis?

–Regular –suspiró ella–. Bueno, yo también tengo que irme. Que lo paséis bien –se despidió, tomando a su marido del brazo.

Mark los vio salir mientras sacaba otra cerveza de la nevera.

–¿Nos vamos?

–¿Dónde? –preguntó Audrey, nerviosa.

–¿No quieres conocer el rancho? –contestó él, tuteándola por primera vez.

–El Doble M tiene cinco mil acres de terreno y doce mil cabezas de ganado –le explicó Mark mientras pasaban por delante de uno de los corrales–. Todos estos hombres están aquí sólo en primavera. Normalmente, en el rancho trabajan Jim, Ruth y John.

–Y tú –dijo Audrey, intentando seguir su paso.

Mark tomó un largo trago de cerveza.

–Ya no.

–¿Por qué vas a venderlo?

Él se detuvo al llegar a la puerta del granero.

–John me ha dicho que trabajabas como administrativa en Dallas. ¿Qué haces aquí, en medio de ninguna parte?

Audrey carraspeó.

–Mi tío Bill es el dueño de la empresa, pero ya no trabajo allí –contestó por fin. En realidad, no trabajaba allí desde que terminó la carrera, aunque había dejado ese número de teléfono como referencia–. Cuando vi el anuncio en el periódico decidí solicitar el puesto...

–¿Por qué?

–Pues... porque quería hacer algo diferente. Además, siempre he sido admiradora tuya.

Mark hizo una mueca.

–Aquí guardamos el heno para los animales y los caballos están en los establos. No hay mucho más que enseñar.

Iba a darse la vuelta, pero Audrey entró en el

granero. El olor a heno y cuero le recordaba a su padre.

–¡Un toro mecánico! –exclamó.

–Lo usan los niños que vienen aquí.

¿Niños?

–¿Tienes hijos?

–No, me refiero a los niños huérfanos –suspiró él–. ¿Nos vamos?

Audrey lo siguió, con desgana. Sabía que Mark aportaba dinero a una organización de niños abandonados y lo admiraba por ello. Pero no sabía que los llevase al rancho. Ésa era una información que nunca había salido en las entrevistas. Por fin algo nuevo para su artículo.

Cuando llegaron al porche, Mark se despidió haciendo un gesto insolente con la botella de cerveza y entró en la casa sin mirarla siquiera.

Audrey sintió un escalofrío. No le gustaba engañarlo, pero no iba a hacerle daño a nadie, pensó. Sólo quería escribir un artículo sobre lo que le había pasado a la gran estrella del rodeo, conseguir así un ascenso y, con un poco de suerte, conocer bien a su héroe.

Pero para llegar hasta el final debía olvidar su sentimiento de culpa.

Una vez en el cuarto de estar, miró por la ventana la descuidada piscina y, a lo lejos, el bosque de robles y pinos.

Luego se volvió para mirar alrededor. Le daba pena que Mark desperdiciase una casa tan bonita, como estaba desperdiciando su vida. Además de una chimenea de piedra, lo único que había en el cuarto de estar era un viejo sillón y un enorme televisor. La sensación de soledad era abrumadora.

Pero si iba a seguir con aquella charada, debía empezar a limpiar aquella pocilga.

Esa noche, durante la cena, Audrey se dejó caer sobre una silla, agotada, después de dejar una enorme bandeja de puré de patata sobre la mesa.

Menos mal que podía contar con Ruth. Tanta testosterona podría matar a cualquiera, pensó. Los hombres hablaban muy alto mientras comían, reían a carcajadas.

Estaba aprendiendo mucho sobre la vida en un rancho, además. Los peones hablaban sobre el marcado de las reses, sobre vacunaciones, castraciones...

Uno de los más jóvenes, Steve, se sentó a su lado y pasó un brazo por encima de la silla, rozando su hombro con la punta de los dedos, como si no hiciera nada. Audrey se dijo a sí misma que aquellos chicos debían sentirse muy solos viviendo una vida tan nómada, pero cada vez que la tocaba le daban ganas de abofetearlo.

–¡Estas chuletas de cerdo están riquísimas! –le sonrió Jim desde el otro lado de la mesa–. Después de estar todo el día rodeado de vacas, es un alivio no tener que comérnoslas.

Audrey dejó su chuleta sobre el plato. Acababa de perder el apetito.

–Son las mejores chuletas que he comido nunca –asintió Dalt–. ¿Cómo las haces?

–Tengo un ingrediente secreto.

–A Mark le encantan las chuletas –murmuró John.

Mark tampoco había ido a cenar esa noche y Audrey empezaba a preocuparse. Apenas comía... Pero, ¿por qué le importaba tanto?

–Parece haber cambiado mucho desde el accidente, ¿no?

John siguió mirando su plato, sin contestar.

Pero ella no pensaba dejarlo así. Necesitaba información.

–Además de la pierna derecha, ¿sufrió más lesiones?

John la miró con cara de pocos amigos y Audrey decidió que lo mejor sería mostrarse preocupada por la salud del jefe.

–No come nada. No sé si debería llevarle la cena...

–Si el ingrediente secreto es el whisky, sí –la interrumpió Jim. El comentario fue seguido de varias risotadas.

–No sé dónde está la gracia. En lugar de reíros, deberíais animarle para que fuese a Alcohólicos Anónimos o algo así.

–Perdona –se disculpó Jim–. Mark es un hombre adulto y nadie puede decirle lo que tiene que hacer. Además, le gano demasiada pasta como para querer que cambien las cosas.

–¿Qué?

–Es que jugamos al póquer por las noches –le explicó Ruth–. Pero como tú duermes arriba no nos habrás oído.

Eso explicaba que el cuarto de estar estuviera

hecho un asco por las mañanas. ¡Jugaban al póquer!

Con expresión culpable, los hombres se levantaron y empezaron a salir de la cocina.

Mientras metía los platos en el lavavajillas, a Audrey se le ocurrió algo terrible. Sería un artículo sensacional, pero si no podía soportar que sus peones se rieran de él, ¿cómo iba a contarle al mundo entero los problemas de Mark Malone?

Con una bandeja de chuletas, puré de patata, brécol y una porción de tarta de manzana, Audrey llamó a la puerta del dormitorio principal.

No hubo respuesta.

Volvió a llamar, más fuerte.

–¡Vete!

–Te he traído la cena.

Silencio.

Audrey respiró profundamente para darse valor y empujó la puerta con el hombro.

La habitación estaba apenas iluminada por una lamparita sobre una mesa de plástico. El resto de la habitación estaba en sombras. La cama, con un elaborado cabecero de madera, y un antiguo armario, eran los únicos muebles. Pero había muchas botellas vacías de cerveza, vasos sucios y ropa tirada en el suelo. ¿Cómo podía vivir así?

Mark estaba sentado sobre la cama, en calzoncillos, con los codos apoyados en las rodillas y la cabeza entre las manos. Su pecho estaba cubierto de un suave vello oscuro y sus bíceps eran impresionantes. Incluso con la pierna lesionada y barba de varios días, Mark Malone seguía siendo pecaminosamente guapo.

«Deja de pensar esas cosas», se regañó a sí misma. «Estás aquí para conseguir la historia del Vaquero Solitario».

Pero no podía dejar de mirarlo. La pierna derecha parecía más pequeña que la otra, con enormes cicatrices que iban del muslo hasta el tobillo. ¿Cómo iba a encontrar valor para preguntarle por esa terrible lesión?

Mark se sobresaltó al verla. ¿Qué hacía allí? ¿No podía respetar la privacidad de un hombre? Enseguida tomó la sábana y se cubrió la pierna. ¿La habría visto?

–¿Qué es lo que quieres?

–Te he traído la cena. Tienes que comer algo.

–No tengo hambre.

Le dolía la pierna y no quería compasión de nadie.

–¿Estás seguro? John me ha dicho que te encantan las chuletas de cerdo.

Claro, era John el que la enviaba.

–No, gracias –contestó Mark, tomando una botella de cerveza medio vacía de la mesilla.

–No necesitas eso. Beber no soluciona ningún problema...

–Mira, guapa, tú no sabes nada de mis problemas.

–Me llamo Audrey –replicó ella, dejando la bandeja sobre la cama.

Había reproche en sus ojos verdes... Pero también había algo más, no sabría decir qué. Sin pensar, Mark alargó la mano para acariciar su cara. Audrey entreabrió los labios, pero se apartó enseguida.

–Tienes un rancho precioso, buenos amigos... Pero lo único que haces es ahogar tus penas en alcohol. ¡En la vida hay muchas cosas!

–Si quisiera un sermón iría a una iglesia, así que ahórratelo.

–Éste no es el hombre al que he admirado todos estos años...

¿Quién demonios creía que era?, se preguntó Mark.

–¡Ya no soy el Vaquero Solitario! Apenas puedo caminar...

–Claro que puedes caminar. Y tienes dos brazos bien fuertes –suspiró Audrey, recogiendo botellas del suelo–. Puedes hacer lo que quieras con tu vida.

–¿Piensas seguir gritándome?

Podía soportar eso de John, pero no tenía por qué soportarlo de una desconocida... aunque tuviese un buen trasero.

–Mi cuñado tiene la enfermedad de Lou Gehrig –suspiró Audrey–. Es una enfermedad que ataca a los músculos y afecta a la movilidad. Está en una silla de ruedas y ya no puede hablar. A veces, ni siquiera puede tragar. No vivirá para ver crecer a su hijo, pero se levanta todas las mañanas y le da las gracias a Dios por tener un día más.

Qué porquería de mundo, pensó Mark. Aquel

hombre sufría porque no viviría para ver crecer a su hijo, mientras su padre no había querido saber nada de él o de su hermano Keith.

Se dio cuenta entonces de que seguía teniendo la botella de cerveza en la mano. Necesitaba un trago...

Pero Audrey se la quitó antes de que pudiera llevársela a los labios.

–¿Qué haces?

La pequeña tirana entró en el baño y, un segundo después, Mark oyó cómo vaciaba la botella en el lavabo. Furioso, estalló como un volcán, lanzando sobre ella todos los insultos que se le ocurrían.

Audrey volvió al dormitorio y lo miró de arriba abajo.

–¡Qué pena de vida desperdiciada!

Luego, salió de la habitación con un brillo de triunfo en sus ojos verdes.

# *Capítulo Tres*

Un grito la despertó. Audrey se levantó de la cama a toda prisa, se puso la bata y bajó la escalera corriendo. Su madre necesitaba otra inyección para el dolor...

Entonces se detuvo. Su madre había muerto once años antes y estaba en el rancho Doble M, no en su casa.

¿Lo habría soñado?, pensó, acercándose a la puerta del dormitorio de Mark. Puso la oreja, pero como no oía nada, se volvió...

–¡No! –lo oyó gritar entonces.

Audrey empujó la puerta. La habitación estaba a oscuras, pero podía ver una figura tumbada sobre la cama. Mark parecía dormido. Las sábanas estaban hechas un revoltijo y su cara, cubierta de sudor. Estaba despeinado y se agitaba, gimiendo. Su expresión era tan torturada que parecía un hombre diferente.

¿Estaría reviviendo el día que el toro le aplastó la pierna? ¿O había algo más en la vida en aquel hombre que provocaba esas pesadillas?

Audrey alargó una mano para apartar el pelo de su cara, pero se lo pensó un momento. Dejó la mano suspendida en el aire durante lo que pareció una eternidad...

Mark levantó el brazo y apartó su mano de golpe, mascullando una palabrota.

Luego se incorporó, temblando de forma incontrolable. Le dolía la pierna y cientos de imágenes pasaban por su cabeza a toda velocidad.

Su madre estaba gritando y él llevaba a Keith a su habitación. Su hermano sólo tenía tres años y no entendía lo que pasaba. Por la ventana de la habitación, Mark vio una ambulancia. El médico gritó: ¡Está viva!, mientras los policías se llevaban a su padre esposado. Su padre, que no volvería nunca.

Y Mark sabía que era culpa suya.

–¿Te encuentras bien? –oyó una voz suave.

Él parpadeó, intentando enfocar la borrosa figura al lado de su cama. Audrey. ¿Qué estaba haciendo allí? ¿Habría gritado en sueños?

–Perfectamente.

–¿Puedo hacer algo?

Genial. Florence Nightingale al rescate.

–No, estoy bien –Mark hizo una mueca de dolor, deseando no haber tirado los analgésicos que le había recetado el médico. En el hospital lo mantenían benditamente sedado.

Cerveza. Necesitaba una cerveza y una aspirina.

Apartó las sábanas de un tirón y empezó a mover las piernas para bajar de la cama, pero ella seguía allí.

¿Por qué no se iba? No podía ver mucho, pero lo que veía encendía su sangre. Las voluptuosas curvas se marcaban claramente bajo la bata y eso lo excitó. Al menos, ya no recordaba la pesadilla.

–Te he oído gritar. Puede que hablar de ello te ayude...

–¿Quieres ayudarme? –exclamó Mark, levantándose en calzoncillos para que le viera bien–. Pues entonces, ven aquí y dame un beso para que olvide mis problemas.

Audrey miró hacia abajo y abrió los ojos como platos antes de salir corriendo de la habitación.

–¿Qué esperabas, un héroe? –gritó Mark.

Mientras se ponía los vaqueros, notó que el perfume femenino seguía flotando por la habitación.

Tomando una escoba y un cubo de avena, Mark encendió la luz del establo y se dirigió al cajón de Lone Star. Habían pasado un par de días desde la última vez que fue a verlo.

–Hola, chico. ¿Cómo estás? –murmuró, acariciando la cabeza del animal con una mano, mientras con la otra echaba la avena en su comedero. A Lone Star no parecía importarle que fueran la tres de la mañana.

«Puede que hablar de ello te ayude».

¿Qué sabía ella? Hablar no le ayudaría en absoluto. Había tenido esa pesadilla desde que delató a su madre. Y abandonar a su hermano sólo consiguió empeorarla.

Mark pasó la mano por el flanco de su caballo.

–Lo hemos pasado muy bien, ¿verdad, Star? Durante unos años, casi pude creer que era otra persona... ¿Te tratan bien, chico? ¿Te sientes solo? –el animal acarició su cara con la cabeza–. Sí, yo también.

Por costumbre, Mark se inclinó para mirarle las pezuñas. Pero, al hacerlo, sintió un dolor insoportable en la pierna y tuvo que agarrarse al caballo para no perder el equilibrio.

–¡Maldita sea!

Lone Star permaneció inmóvil mientras Mark apoyaba la cabeza en su cuello.

–Debería venderte –murmuró–. Conmigo estás perdiendo el tiempo.

Mark se frotaba la pierna mientras volvía a la casa. Pero al pasar por la puerta del granero, le llegó aquel perfume... Cuando se volvió, allí estaba Audrey, aplastada contra la pared, como intentando esconderse.

–¿Se puede saber qué haces?

Ella dio un paso adelante, cerrándose la bata.

–Estaba preocupada por ti.

–¿Por mí? –exclamó Mark. Las mujeres no se preocupaban por Mark Malone. O querían su dinero o sus quince minutos de fama.

–¿Tan increíble te parece?

–Sí –contestó él, cruzándose de brazos–. ¿Estabas espiándome?

–No estaba espiándote. A mí también me gusta visitar a Lone Star cuando estoy triste.

–¿Qué? Me parece que ves demasiada televisión.

Mark se alejó apoyando el peso en ambas piernas. Por nada del mundo dejaría que lo viese cojear.

Fue directamente al bar y tomó un trago de whisky sin molestarse en usar un vaso. Luego se volvió para mirar sus trofeos, colocados en una estantería... Furioso, los tiró al suelo de un manotazo.

Audrey despertó con una vaga sensación de desesperanza. El incidente de la noche anterior la había afectado más de lo que creía. Nunca olvidaría el dolor que había en el grito de Mark.

No había amanecido cuando se dispuso a hacer el desayuno para lo que parecía un regimiento. Si no volvía a ver una loncha de beicon en su vida, sería una mujer feliz.

Escribir la columna de consejos en la revista casi empezaba a parecerle un trabajo de cine.

Además, por lo que estaba viendo, iba a ser difícil conseguir un artículo. Sólo proposiciones deshonestas de los peones... y de algún borracho.

Nueve años antes había soñado que Mark Malone la tomaba en sus brazos y se la llevaba en su caballo hacia el horizonte, que vivirían felices para siempre.

Qué patético.

Los hombres que conocía sólo querían una cosa. Y aunque ella hubiera querido hacer *eso* en la primera cita, o en la segunda, le habría dado vergüenza desnudarse, de modo que... no lo había hecho.

Tenía catorce años cuando su madre murió y, hasta hacía poco tiempo, Audrey había dedicado todas sus energías a cuidar de su padre y sus hermanas. Pero Miranda acababa de terminar la carrera y Claire tenía un marido y un hijo de tres años.

Y lo único que ella tenía era un trabajo sin futuro.

Cuando el sol empezó a levantarse con su brillante paleta de colores, también se animó su espíritu. ¿Iba a rendirse sólo porque las cosas fueran un poco más difíciles de lo que había imaginado? ¿Iba a volver a la revista para hacer un trabajo aburrido durante el resto de su vida?

De eso nada.

Después de desayunar, Audrey empezó a pasar la aspiradora por el cuarto de estar. Mark entró poco después con una caja de cervezas y encendió el televisor.

Ella suspiró, irritada al ver que pensaba pasar otro día viendo la televisión, y tuvo que controlar el deseo de quitarle el mando y tirarlo a la piscina.

Mark Malone no era el único que tenía problemas en la vida, pensó. Sobrevivir a la muerte de su madre no había sido fácil, pero ella no había decidido tirar su vida por la ventana.

Pero no volvería a enfadarse. En realidad, podía aprovechar para limpiar su habitación. Desde luego, no iba a preguntarle por su pasado en aquel momento.

Primero, apartó las cortinas para dejar que entrase la luz. Qué pena ver esa preciosa cama de pino tan seca y llena de polvo. Después de limpiarla con una cera especial que hizo brillar la madera, Audrey cambio las sábanas y empezó a limpiar el armario. Encima, medio escondida, había una vieja fotografía de un niño de unos ocho años.

No se parecía a Mark. ¿Quién sería, su hermano, un amigo de la infancia? No sabía nada sobre su familia. Y John la había mirado con recelo cuando le preguntó.

–¿Qué demonios haces con eso?

Al oír la voz de Mark, Audrey volvió a dejar la fotografía donde la había encontrado.

¿Por qué no se abrochaba la camisa? Era difícil concentrarse con aquel suave vello oscuro que se perdía bajo la cinturilla del pantalón...

–Estaba limpiando un poco.

Él levantó una ceja, incrédulo, mientras se llevaba la botella a los labios para tomar un trago. Mientras bebía, no dejaba de mirarla de arriba abajo.

De nuevo, Audrey vio ese brillo de admiración que había imaginado por la noche. Eso la hacía sentir como otra persona, una mujer guapa, sexy.

Hacía mucho calor, pensó. Quizá debería haber puesto el aire acondicionado. Cambiar sábanas era un trabajo duro.

Pero eso no explicaba aquel calor entre sus piernas.

–¿Vas a ayudarme a revolverla de nuevo? –preguntó Mark entonces, señalando la cama.

–Creí que estabas viendo la televisión.

–Ya no me apetece. Ahora me apetece otra cosa.

Ella levantó los ojos al cielo, mordiéndose la lengua para no decir lo que pensaba.

–¿Qué? Di lo que quieras. Ya veo que estás deseando darme otra charla. ¿Qué es esto, una cruzada para salvar al vaquero tullido? Supongo que tú nunca bebes, claro.

–¡A las diez de la mañana, no!

Mark dio un paso adelante. Estaba tan cerca que Audrey podía oler su aliento a cerveza. Pero no pensaba dejarse amedrentar.

–Deberías haber sido misionera o algo así. Te imagino manifestándote a favor de la prohibición con otras solteronas como tú.

Para ella fue como un puñetazo en el estómago. Solterona. Era cierto. Eso era. Pero no iba a llorar.

–Al menos, yo no estoy todo el día sin hacer nada más que compadecerme de mí misma.

Él se inclinó un poco para hablarle al oído:

–Me gustas cuando te enfadas. Te sale fuego de los ojos y... –Mark miró su pecho descaradamente–. Te deseo, cariño.

Sus pezones se levantaron como por voluntad propia y se le puso la piel de gallina cuando él rozó su cuello con los labios. Aún oliendo a cerveza, era el hombre más atractivo que había visto nunca...

No. Aquel borracho no era el hombre que ella había creído que era.

–Apártate –dijo, empujándolo–. Te dejo para que puedas emborracharte en paz.

Mark dejó la botella sobre la mesilla y, abruptamente, la tiró sobre la cama, sujetándole los brazos por encima de la cabeza. Audrey no podía moverse.

–La paz es un sueño imposible, cariño. Prefiero la pasión.

A pesar del pelo largo y la sombra de barba, seguía siendo el guapo y sonriente héroe de aquella noche en el rodeo.

–Tienes unos ojos preciosos –siguió Mark, buscando ansiosamente sus labios–. Dame un beso, cariño.

No le hacía falta suplicar. Audrey acaricio su pelo y le devolvió el beso con toda la pasión de que era capaz. Estaba temblando y no pudo disimular un gemido de placer mientras la besaba en el cuello. La evidencia del deseo masculino se apretaba contra sus muslos, larga y dura, mientras le metía la mano por debajo de la camisa.

¡Debía estar loca! Un segundo antes la había llamado solterona... Sólo la deseaba porque estaba borracho. De repente, recuperó la cordura y le dio un empujón.

–¡No!

–¿Qué pasa?

Audrey se colocó al otro lado de la habitación, respirando agitadamente. No sabía qué era peor, la humillación o el arrepentimiento.

–No me conoces de nada.

–¿Qué tiene eso que ver? Las mujeres que deseaban al Vaquero Solitario tampoco me conocían a mí.

Ella se cruzó de brazos, incrédula.

–Eso no significa...

¿Qué pensaba, que porque ella era un solterona no iba a decirle que no?

–Ah, ya lo entiendo. El tullido no vale.

Como si eso le importara...

–Tu lesión no tiene nada que ver...

–Ahórratelo, guapa. Conozco bien a las mujeres.

Audrey tenía ganas de gritar, pero ¿para qué se molestaba en discutir con él?

–Piensa lo que quieras, haz lo que quieras. Pero déjame en paz y yo te dejaré en paz a ti, ¿de acuerdo? –le espetó, antes de salir de la habitación.

Mejor, pensó Mark. Eso era lo que quería. ¿O no? No quería que nadie le juzgase, que nadie le dijera lo que debía hacer. Entonces, ¿por qué sintió un vacío en el pecho cuando ella se marchó? ¿Por qué había querido pedirle disculpas y prometerle lo que quisiera si se quedaba? ¿Qué demonios le estaba pasando?

Nada que otra cerveza no pudiese curar.

Audrey pasó el resto del día murmurando por lo bajo mientras limpiaba la casa. No podía dejar de pensar en cuánto había cambiado Mark Malone. Menudo héroe. Quizá lo de doble M era por «Maníaco Malone». Casi se imaginaba el título del artículo, con su nombre debajo:

*Maníaco Malone masacra a reportera metomentodo.*

O mejor:

*Vaquero Solitario y fracasado en la vida.*

*Vaquero Solitario rechaza calor humano...*

¿Desde cuándo quería ella darle calor humano?

Audrey suspiró. Desde que había visto tanto dolor en sus ojos.

Horror... había una escupidera bajo la mesa. Qué asco. ¿Qué tenía que hacer con eso, vaciarla?

Limpiar la casa era su trabajo, pero ¿tenían que escupir, fumar puros y beber alcohol por barriles? ¿No podían hacerlo en la casa de los peones, que limpiaban ellos mismos? Audrey pensó en hablarlo con John. Además, ¿no quería vender la casa? Si pretendía venderla en ese estado, no haría buen negocio.

Pero quizá sería mejor dejarlo por el momento. En tres días, le había dado una patada, le había amenazado con un cuchillo y le había dado una charla sobre el alcohol.

Además, sólo estaría allí dos semanas. No podría aguantar más. Aunque su jefe fuera una estrella del rodeo.

Una antigua estrella del rodeo.

Mientras recogía botellas vacías del suelo, miró hacia el salón, que no se usaba nunca, donde estaba el bar y... los trofeos de Mark, tirados en el suelo.

Ahora que la furia había pasado, el recuerdo del beso despertó una ola de deseo. La había besado. Y le había dicho que tenía unos ojos preciosos. La cerveza debía haberle nublado la visión, pensó.

Pero no había error sobre su estado. Además, él había admitido que conocer a alguien no tenía nada que ver con desear a alguien. Y debía ser así.

Porque ella lo deseaba también.

Pero no podía ser. Y tampoco podía arriesgarse a que la despidiera. Si la despedía nunca conocería toda la historia. Pero tampoco podía quedarse en la casa y ver cómo se mataba bebiendo...

Evidentemente, había dejado que esa lesión arruinase su vida, cuando debería haber buscado ayuda profesional. Sabía que no era asunto suyo, pero alguien tenía que hacer algo...

«¿Qué vas a hacer, llevarlo a rehabilitación? ¿Dónde está tu preciosa objetividad? Eres una periodista, no una asistente social, olvídalo».

Desgraciadamente, era más fácil decirlo que hacerlo.

Y héroe o no, Mark Malone era más que un artículo para ella. Siempre lo había sido y siempre lo sería.

Pero todo aquel asunto podría arruinar sus planes de futuro.

# *Capítulo Cuatro*

Al día siguiente, cuando Audrey iba hacia la casa de los peones con la ropa limpia, oyó risas que provenían del granero. Curley, que no se despegaba de sus piernas, entró corriendo a investigar y ella no pudo evitar la tentación de echar un vistazo. Quizá en ese ambiente relajado se les escaparía algo sobre Mark.

Tenía que llegar al fondo del misterio. Tenía que haber algo más que la lesión en la pierna, se dijo.

¿Por qué habría cambiado tanto? ¿Habría perdido a sus patrocinadores después del accidente?

Cuando entró en el granero, vio que Dalt estaba montando el toro mecánico. El chico aguantó unos segundos, pero enseguida cayó al suelo, entre las risotadas de sus compañeros.

Pero al ver a Audrey se levantó de un salto, frotándose el dolorido trasero.

–¿Quieres ser la próxima? –sonrió, pasándole un brazo por los hombros.

–No, no... –empezó a decir Audrey.

Pero, ¿por qué no? ¿No quería vivir la vida, hacer cosas que no había hecho nunca?

–Venga, chica, demuestra lo que vales –la animó Pete, que no dejaba de mirar sus pechos.

–Muy bien –dijo Audrey por fin, dejando la ropa sobre unas balas de paja–. Pero necesito un taburete para subirme.

–Lo que haga falta.

Antes de que pudiera reconsiderar su decisión, estaba subida al toro mecánico. Audrey agarró la cuerda, abrazando el aparato con tanta fuerza que le dolían los muslos.

Después de unos segundos, con Dalt y los demás animándola, la cosa empezó a moverse más deprisa y ella se concentró para no caerse. Tenía el corazón acelerado. Así debía ser como Mark se sentía cuando estaba montado sobre un toro salvaje. Excitado, inconquistable. Riendo, levantó un brazo al aire, como un auténtico cowboy.

–¿No tienes que hacer la cena? –oyó una voz desde la puerta.

Los gritos cesaron de inmediato y el toro se detuvo. Audrey contuvo el aliento al ver a Mark fulminándola con la mirada.

–Lo siento, ha sido culpa mía –se disculpó Dalt–. Yo la he animado para que lo montara.

Audrey bajó del toro como pudo. Pero no pensaba dejarse intimidar.

Cuando se acercó, notó que olía a cerveza. Menuda cara decir que no hacía bien su trabajo...

–La cena, *señor Malone*, está en el horno. Estaba a punto de llamar a todo el mundo, pero parece que usted ya se ha *bebido* la suya.

Luego, tomó la ropa limpia y salió del granero.

Todos los peones, excepto Dalt, salieron tras ella a toda prisa y Mark se quedó mirando aquella figura diminuta que se alejaba.

Y menuda figura. No sabía si estrujarle el cuello o desnudarla y hacerle el amor allí mismo. A él no le hacía ni caso, pero allí estaba, tonteando con los peones...

–Estás cometiendo un error, Malone –suspiró Dalt.

–¿Qué sabes tú?

–Esa no es forma de conquistar a una mujer. Tienes que ser amable con ella... no liarte a gritos.

Mark lo fulminó con la mirada y el peón salió del granero encogiéndose de hombros.

¿Se acostaría con ella?, se preguntó Mark. Lo conocía poco, pero según los chicos, su fama de conquistador era legendaria. ¿Por qué iba a ser Audrey inmune a sus encantos?

Durante aquellos días, la había visto sonreír mientras limpiaba, la había visto darle beicon a Curley por debajo de la mesa e incluso abrazar a John. Aunque era una tontería sentir envidia de John.

Parecía tan inocente, tan alegre... Había transformado la casa, que antes era oscura como una tumba, en un lugar lleno de luz. Como si todo estuviera bien.

Y Mark deseaba que todo estuviera bien. Deseaba que le sonriera como sonreía por las mañanas en la cocina.

La deseaba.

–¿Seguro que no quieres venir? –insistió Ruth. Era viernes por la noche y todos los vaqueros iban a Quitman a bailar.

–Seguro. No sé cómo lo hacéis... Yo estoy agotada. Además, quiero terminar un libro.

A Audrey le encantaba bailar, pero hacía siglos que no iba a una discoteca. Y en el pasado, siempre había terminado de pie, viendo bailar a los demás.

Ruth vaciló un momento.

–Un consejo, de mujer a mujer. Aléjate de...

–Lo de estar reservándome para Mark era una broma –la interrumpió Audrey.

Ruth arrugó el ceño.

–Yo hablaba de Pete. Es un cerdo. No dejes que te pille sola.

–¿Por qué dices eso? ¿Se ha metido contigo?

–¡Ja! –rió ella–. No te preocupes por mí. Pete no volverá a molestarme. Pero quería advertirte ahora que estamos solas. Ten cuidado.

Audrey asintió, un poco asustada. ¿Sería Pete realmente peligroso?

Cuando se quedó sola, abrió la ventana para que entrase un poco de aire fresco. El aroma a pino, a hierba y a flores silvestres consiguió animarla un poco.

Encendió la radio mientras fregaba los platos y, cuando estaba secando la última cacerola, pusieron una de sus canciones favoritas. La letra siempre la emocionaba y tenía un ritmo estupendo, de modo que subió el volumen y empezó a bailar por la cocina.

Cómo deseaba encontrar un hombre que estuviera dispuesto a hacer lo que fuera necesario con tal de verla sonreír. Como Danny, el marido de su hermana Claire. Alguien con quien bailar, alguien a quien abrazar por la noche. Tendrían niños y se harían viejos juntos...

Recordaba la preciosa sonrisa de Mark aquella noche, en el rodeo. Ya no sonreía. Era como si su sonrisa hubiera desaparecido junto con su carrera. ¿Qué habría que hacer para verle sonreír de nuevo?

Mark oyó la música y se acercó a la cocina. Pensaba que Audrey se había ido a bailar con los demás, pero allí estaba, bailando por la cocina, adorable con sus vaqueros y los pies descalzos. Su coleta rubia saltaba de lado a lado...

¡Maldita pierna inútil! Ni siquiera podría dar dos pasos con ella. ¿Por qué no se había ido a bailar con los demás?

–¡Eh, cuidado! –exclamó, cuando Audrey se chocó con él.

–Ay, perdona. No te había visto... –se disculpó ella, tomándolo del brazo.

El roce le hizo sentir un escalofrío. Se miraron en silencio durante unos segundos, pero Audrey se apartó enseguida. ¿Había visto lágrimas en sus ojos? Mark quería acercarse...

«Un momento, ya te ha rechazado una vez», se dijo.

Pero estaba harto de su desdén y de su silenciosa tregua.

–¿Qué te pasa?

–Nada –contestó ella. Como hacían todas las mujeres. Pero luego le diría lo que quería de verdad. Dinero, seguramente.

Audrey se volvió entonces, tocándose la cara con las manos.

–Es esa canción –le temblaban los labios mientras intentaba sonreír–. Es una tontería llorar por una canción, ¿verdad? –murmuró, conteniendo un sollozo.

«No, no, no llores. No te apoyes en mí. ¿No sabes que no puedo ayudarte?».

Frustrado, Mark le pasó un brazo por los hombros, susurrando palabras de consuelo. Era tan suave, sentía sus pechos apretados contra su torso... pero era consuelo lo que necesitaba, no sexo.

Eso era algo que podía hacer, incluso tullido. Audrey confiaba en él y eso le gustaba.

Cuando levantó la cabeza, el desdén con que lo miraba normalmente había desaparecido. En sus ojos, sólo había dolor y anhelo. Mark se inclinó para besar suavemente las pestañas húmedas y luego se apartó, nervioso.

Audrey tenía los ojos muy abiertos y lo miraba interrogante.

Un fiero deseo lo envolvió entonces, más fuerte que el deseo de tomar un trago. Inclinó la cabeza para besarla con toda el ansia que tenía guardada desde la primera vez que Audrey le había sonreído. Sabía a fresas y a inocencia, pero quería más.

Audrey abrió los labios mientras enredaba los brazos alrededor de su cuello, apretándose contra él. Sentir esas suaves curvas apretadas contra su pecho era más de lo que podía soportar. Y perdió el control.

La acorraló contra la encimera, apretando su

generoso trasero, empujando las caderas hacia ella.

Cómo había echado de menos el cuerpo de una mujer. Cada noche, borracho, había soñado con tenerla en sus brazos. Sin dejar de besarla, levantó la mano para tocar sus pechos...

Audrey se apartó entonces, empujándolo.

–¡No! –gritó, antes de salir corriendo.

Mark perdió el equilibrio y tuvo que dar un paso atrás.

¿En qué demonios estaba pensando?

«Métetelo en la cabeza, Malone. Ya no eres el Vaquero Solitario». Y las admiradoras se habían ido con la nueva estrella del rodeo. Ninguna mujer estaba interesada en Mark Malone, un tullido, un fracasado, un hombre que había traicionado a su propia familia.

El sentimiento de culpa era incompatible con la pasión. Audrey paseaba por su cuarto, regañándose a sí misma por engañar a Mark Malone.

Pero cuando la besó, ella había respondido con una intensidad desconocida. Era algo que nunca antes había experimentado. Sus labios provocaban un incendio, la despertaban, como si por fin estuviera viva en lugar de ir de un lado a otro como un muerto viviente. Sentir sus fuertes brazos alrededor, sus tiernos besos secando sus lágrimas... la preocupación que había visto en sus ojos azules había hecho que se le doblaran las rodillas.

Aquella noche había visto a un hombre diferente. En sus besos había pasión, sí. Pero también compasión.

Allí estaba el hombre que se enfrentó a una pandilla de matones para rescatarla. No se había equivocado al pensar que Mark Malone seguía siendo ese hombre.

Audrey por fin decidió ponerse el camisón. «Seamos realistas», se dijo. Había sido un beso por compasión, porque estaba llorando. La pobre chica gordita que debía quedarse en casa porque nadie la sacaba a bailar. Dolía ser tan sincera, pero... lo que odiaba era que la hubiese visto tan vulnerable.

Pero, ¿no lo había visto ella en medio de una pesadilla, sudando, atormentado? Sospechaba que bajo aquella imagen beligerante, Mark Malone escondía un secreto. Algo, además de la pierna herida, había hecho que tirase la toalla.

Ese «algo» era lo que debía descubrir. Y la única forma de hacerlo era hablando con él. Los peones probablemente no sabrían nada y, aunque John y Helen seguramente sí estaban al tanto, eran demasiado leales a su jefe y amigo como para compartirlo con ella.

Pero, ¿podría traicionarlo después de conocer su secreto?

Audrey deseaba formar parte del *staff* de periodistas de la revista. Estaba decidida a exigir sus derechos, a pelear por sus sueños. El vacío, la sensación de fracaso, la soledad de los últimos años habían sido terribles.

Intentó dormir, pero no era capaz de pegar ojo. Se sentía inquieta, nerviosa, no podía dejar de darle vueltas a la cabeza. Llevaba allí una semana y no había conseguido nada. ¿Qué podía hacer? ¿Olvidar sus ambiciones porque un vaquero guapo le había dado un beso en un momento en el que se sentía especialmente triste?

Entonces oyó risas en el piso de abajo.

Seguramente, los chicos habían vuelto de la ciudad.

¡Hombres! Le daba rabia que fumaran y bebieran y tirasen basura por todas partes. Si tenían que jugar al póquer, ¿por qué no...?

¡Póquer! Entonces se le ocurrió una idea.

De esa forma, sería menos una traición y más un reto. Mark podría elegir. Un juego en el que el ganador se lo llevaba todo. Sólo tenía que esperar una buena mano en el momento adecuado para obligarle a apostar una entrevista exclusiva. Además, sería un alivio ser honesta y decirle por qué estaba allí.

Audrey se levantó de la cama y sacó del armario la única blusa que tenía escote.

Le haría falta usar lo que había aprendido en las clases de teatro del instituto para salirse con la suya. Pero cuando los hombres se volvieron para mirarla, casi perdió el valor. Y tuvo que hacer un esfuerzo para que no le temblase la voz:

–No podía dormir. ¿Os importa si miro un rato?

–¡No! –exclamó un coro de voces.

Dalt se levantó para ir a buscar una silla de la cocina, pero Mark la miraba con el ceño arrugado. La compasión de unas horas antes había desaparecido.

–Gracias –Audrey se sentó enfrente de Mark, echándose un poco hacia delante. Su padre le había enseñado que una estrategia importante en el juego del póquer era la distracción, de modo que pensaba usar su mejor arma. Tenía que ganar.

–¿Sabes jugar? –preguntó John.

–Jugaba con mi padre al póquer cuando era pequeña y me gustaba mucho.

Dalt y Jim intentaron convencerla para que jugase «sólo un par de manos», mientras Pete no dejaba de mirar su escote. El asqueroso.

Afortunadamente, Ruth no jugaba aquella noche. Audrey sabía que otra mujer se habría percatado de la estrategia.

Mark, sin dejar de mirarla, levantó la botella de cerveza para tomar un largo trago.

–Tendréis que recordarme cómo era. ¿No os importa?

Por supuesto, a ninguno le importaba. Pero Mark no había dicho nada. Un tenso silencio envolvía la mesa hasta que Dalt retó a su jefe:

–Venga, Malone, déjala jugar. ¿Por qué no?

–Es asombroso que os creáis el jueguecito de doña Inocente. Muy bien, si quieres jugar, juega.

Audrey fingió escuchar atentamente la instrucciones de John mientras le explicaba el juego. Incluso fue a la cocina para buscar un cuaderno en el que tomar notas.

Mark abrió con cinco dólares y Audrey soltó un as, como si no supiera lo que hacía. Cuando pidió carta y sacó un siete se mostró entusiasmada como una niña.

Por supuesto, no se desenmascaró al principio, pero luego, poco a poco, empezó a ganar partidas, achacándolo a la suerte del principiante. Varias horas después, había acumulado una considerable cantidad de dinero y le costaba trabajo disimular una expresión de triunfo bajo el aspecto de inocente sorpresa. Por supuesto, le ayudó mucho que sus oponentes llevaran toda la noche bebiendo cerveza.

–Bueno, yo me voy a dormir –dijo Dalt, tirando las cartas.

Uno por uno, los otros hombres se levantaron también. Jim dijo que tenía que levantarse temprano y se marchó alrededor de la una y media. Pete lo siguió poco después cuando se quedó sin dinero.

Audrey miró el reloj. Eran casi las tres de la mañana y Mark y ella eran los únicos jugadores que quedaban.

Mark repartió la siguiente mano y Audrey apretó los labios. Era la que había estado esperando. Había llegado el momento.

–Acepto tus veinte dólares y los doblo... no, qué demonios, apuesto todo lo que he ganado –dijo, empujando los billetes al centro de la mesa.

–No me queda tanto dinero.

No se permitía jugar con pagarés, seguramente porque eso le daría ventaja al jefe.

Audrey tomó un sorbo de té helado para remojarse la garganta y rezó en silencio. Había llegado el momento.

–Bueno, entonces podrías apostar algo que no fuera dinero.

Mark apretó la mandíbula, con expresión amenazante.

–¿Qué es lo que quieres?

Audrey dejó de sonreír y miró fijamente esos ojos azules.

–Quiero...

«Dilo, Audrey. Pídele una entrevista exclusiva. La historia de su vida».

No podía hacerlo. No podría soportar ver la decepción en sus ojos. Mark sospechaba algo, pero no sabía nada. Mark Malone actuaba como si siempre esperase lo peor de los demás y ella no quería decepcionarle como, seguramente, le habrían decepcionado otros.

–Quiero... que dejes de beber.

¡Eso era! Eso era lo que quería de verdad, que volviese a ser el hombre que fue. Ésa era la historia que quería escribir.

–¿Qué?

–¡Y que te afeites esa horrible barba!

–¿Qué clase de apuesta es ésa?

–Si no eres capaz de hacerlo...

–¡Puedo dejar de beber cuando quiera!

Recordando la escenita en el granero, con el toro mecánico, Audrey respiró profundamente y lo miró a los ojos, retadora.

–Vamos, Mark. Demuestra lo que vales.

Sabía que era un reto que no podría rechazar. Por un momento, temió que tirase la mesa o saliera dando un portazo, pero... Mark respiró profundamente y, sin dejar de mirarla a los ojos, se echó hacia atrás en la silla, con una sonrisita irónica.

Eso la asustó más que cualquier exabrupto.

–Vamos a ver –murmuró, estudiando el dinero que había sobre la mesa–. Calculo que debes tener setenta y cinco dólares. Por ese dinero, podría ponerme una cuchilla en el cuello, pero no dejar la cerveza. Si quieres jugar alto, tendrás que ofrecerme algo más.

–¿Qué quieres decir?

Mark dejó las cartas sobre la mesa y se puso las manos en la nuca. Parecía muy seguro de sí mismo.

–Acepto lo de afeitarme. Pero, para que deje el alcohol, tendrás que apostar más alto. ¿Qué me ofreces?

–Bueno, quizá no deberíamos...

–No, de eso nada –la interrumpió él–. El juego se está poniendo interesante. Tú has empezado, tú debes terminarlo.

Audrey se sentía atrapada. ¿No querría...?

–¿Quieres que... que me ponga a dieta?

Mark negó con la cabeza.

–Yo creo que sabes lo que quiero, Audrey. Te quiero en mi cama. Esta noche. ¿Juegas o no?

La habitación empezó a dar vueltas y Audrey tuvo que cerrar los ojos para escapar de esa mirada que la estaba quemando. No podía abandonar.

Abrió los ojos y miró sus cartas. No podía perder con un póquer de jotas, ¿no?

–Muy bien, acepto –dijo, aclarándose la garganta–. Si pierdo, me acostaré contigo.

# *Capítulo Cinco*

¡Aquella mujer tenía redaños! Mark debería haberse sentido triunfador. Sabía que su póquer de ases era imbatible. Pero ella actuaba como una virgen a punto del sacrificio, al borde del volcán...

«¿Ésta es la única forma de acostarte con una mujer, Malone?». «¿De verdad quieres conseguirla de esta forma?».

¿Qué quería ella? ¿Era por culpa del beso en la cocina? ¿De verdad pensaba apostar su preciosa virtud para que él dejase de beber?

La había deseado desde que le sonrió el primer día, con aquellos preciosos ojos color esmeralda brillando de emoción. Pero no así. Y no tenía duda de que pagaría su deuda. Su gesto obstinado lo dejaba claro. Pero sus ojos estaban llenos de aprensión.

Quizá si volvía a ser el Vaquero Solitario iría a él por iniciativa propia... Pero las posibilidades de que eso ocurriera eran menores que las de conseguir otro póquer de ases.

¿Quién era aquella fuerza de la naturaleza que había conseguido sacarlo de su ensimismamiento, que lo afectaba de tal forma? No sabía nada de ella. Ni siquiera su apellido.

–¿Qué tienes? –preguntó, echándose hacia delante.

Audrey extendió las cartas sobre la mesa.

–Póquer de jotas.

Ah, demonios. Mark tiró sus cartas sobre la mesa, mezclándolas con las demás.

–No esperes ganar la siguiente partida, cariño.

Una semana después, Mark estaba maldiciendo aquella partida de póquer. Murmurando una larga ristra de obscenidades, levantó la cuchilla para afeitarse. Había pensado dejarse barba cuando vendiera el rancho. Sin ella, su rostro era muy reconocible y no quería recordatorios del pasado.

¿Por qué había tirado el juego?, se preguntó. La tenía en sus manos. Y ahora quería una cerveza. No, la quería a ella. Pero tendría que conformarse con un trago.

Mark entró en el salón, esperando que Audrey lo viera y dijese algo. Pero nadie lo detuvo. Se metió detrás del bar, tomó una botella de whisky y quitó el tapón. Pero unos ojos verdes llenos de desdén aparecieron ante sus ojos.

«¿Quieres añadir el engaño a tu lista de pecados, Malone?».

¡Al demonio! Mark soltó la botella y salió del salón a grandes zancadas. ¿Por qué le importaba lo que Audrey pensara de él?

Llevaba toda la semana evitándola. Apenas había podido entablar una conversación normal con John y en lo único que podía pensar era en el cuerpo desnudo de Audrey sobre su cama.

En una semana, había bebido suficiente té helado como para llenar un tanque. Y también había pensado mucho. Pero recordar su comportamiento durante las semanas anteriores era peor que subirse a un toro. Le daba vergüenza reconocer que John tenía razón.

Había sobrevivido, ¿no? Tenía que seguir adelante.

Le debía una disculpa a su capataz. Y a Helen. Les debía mucho más que eso. Pero nunca podría pagarles todo lo que habían hecho por él. Sólo eran dos personas más en la lista de gente a la que había decepcionado.

Mark volvió a levantar la cuchilla y procedió a afeitarse. Iría a hablar con John, se dijo. Pero antes de salir, sacó el Stetson negro del armario.

El Vaquero Solitario había vuelto.

Cuando Helen abrió la puerta, Mark se quedó parado un momento, sin saber qué hacer, y luego se quitó el sombrero.

–¡Mark! Qué sorpresa –exclamó Helen–. ¿Qué haces aquí tan temprano? ¿Ha pasado algo?

–No, todo va bien. ¿John está ocupado?

Helen apretó su brazo, sonriendo.

–Está en la cocina. Ven a tomar un café.

John estaba leyendo el periódico y se sorprendió al verlo, pero intentó disimular.

–Vamos al estudio.

–Cuando volváis, el desayuno estará listo –dijo Helen–. Y puedo cortarte el pelo, si quieres –añadió, ofreciéndole una taza de café.

John entró en el estudio y le hizo un gesto para que se sentara. Mark se quedó parado un momento, recordando el estudio de John en la casa Walsh, en Fort Worth. De niño, le encantaba entrar allí y aquél era exactamente igual.

Miró alrededor, examinando los libros que llenaban las estanterías. Allí seguían los sillones de cuero rojo, el mismo globo terráqueo en una esquina, la misma sensación de refugio, de paz.

Incluso olía igual. A cuero, a cera de muebles y a puro.

Detrás del escritorio había una fotografía de él montando un toro. El animal coceaba para librarse de él, levantando una nube de polvo. Mark tenía el brazo izquierdo levantado y, con la mano derecha, sujetaba la cuerda atada al cuerpo del toro. Llevaba un sombrero negro y tenía la barbilla apretada contra el pecho, en un gesto de determinación.

No había visto esa fotografía en mucho tiempo y mirarla ahora hacía que se le encogiera el corazón. Sus días de rodeo habían terminado. ¿Podría encontrar de nuevo el valor de aquel hombre de la fotografía?

–¿Qué pasa, Mark? –preguntó John.

Él lo miró, incómodo.

–Primero, te debo una disculpa por portarme como un imbécil estas últimas semanas –murmuró, jugando con el sombrero–. No sé por qué no me has dado una buena patada.

Los ojos de John estaban sospechosamente húmedos cuando Mark por fin levantó la mirada.

–Yo no me rindo con la gente que quiero –dijo, aclarándose la garganta–. Disculpa aceptada.

Nunca antes le había dicho que le quería. Y

Mark tampoco. En realidad, no se lo había dicho a nadie. Probablemente, no lo haría nunca.

–He decidido que no voy a vender el Doble M. Si no lo hago, ¿te quedarás?

John se acercó a la ventana para admirar el paisaje bajo los primeros rayos del sol.

–¿Se acabó el alcohol?

–Sí.

–¿Vas a trabajar en el rancho?

Era justo que le hiciera esas preguntas.

–Tienes mi palabra.

John se volvió y le ofreció su mano.

–Entonces, me quedaré. Me alegro de tenerte de vuelta.

Mark aparcó la camioneta en el garaje y fue directamente a los establos. No había montado a Lone Star desde el accidente. No siquiera se le ocurrió que podía hacerlo. ¿Y si se caía? ¿Por qué demonios se complicaba la vida?

Ah, sí, Audrey.

El semental estaba deseando correr después de tantos meses encerrado en el cajón. Le costó trabajo montar, pero después de un par de tropiezos, consiguió subir a la silla.

Le temblaban las manos mientras sujetaba las riendas. Su pierna estaba muy debilitada y le dolía como el demonio. Pero si quería a Audrey en su cama, tendría que volver a ser el campeón del rodeo, el héroe que ella imaginaba.

Cuando se imaginaba a sí mismo haciendo el amor con ella, el deseo de beber desaparecía como el agua en el mes de agosto.

De modo que agarró las riendas con fuerza y golpeó a Lone Star en los flancos para que se pusiera al trote. Enseguida perdió el miedo y pronto corría por las praderas intentando librarse de los demonios que le habían perseguido siempre. Echaba de menos el viento en la cara, el olor a caballo. El aire estaba cargado de lluvia. ¿Era el mes de abril?

Entonces vio una ternera que se había apartado del rebaño y consiguió echarle el lazo al tercer intento. Quizá podía hacerlo, se dijo.

«¿Era eso lo que el amor de una mujer hacía por un hombre?».

¿Amor? Audrey no le amaba. Sólo quería al Vaquero Solitario. Además, su nueva cocinera no era ninguna santa. Había conseguido lo que quería: estaba sobrio y afeitado. Y ahora que lo estaba, la convencería para que se metiera en la cama con él, libremente, no por una apuesta.

Al fin y al cabo, respondía a sus besos con la misma pasión. Eso era algo que no se podía fingir.

El Vaquero Solitario volvería a montar en todos los sentidos. Quería aplastarla bajo su peso, enterrarse en ella y tomarla una y otra vez, hasta que los dos estuvieran saciados.

Pensar en eso era más que suficiente para que se le calentara la sangre.

¿Qué estaría haciendo en aquel momento? Tenía que verla. Mark tiró de las rindas y galopó de vuelta a casa.

Era hora de marcharse. Sus maletas estaban hechas y en el pasillo. Si se marchaba ahora, podría llegar a Fort Worth a tiempo para comer con su padre en el club de ganaderos. Y pasaría el domingo escribiendo el artículo.

Debía estar de vuelta el lunes con una historia en la mano. Y tenía una. No una entrevista, pero sí un artículo. La historia de un hombre que se esforzó por volver a caminar después de meses de operaciones y fisioterapia.

Mark había cumplido su palabra. Desde que hicieron la apuesta, no volvió a beber, pero la evitaba. De modo que no pudo explicarle quién era, ni su necesidad de conseguir una entrevista. Aunque, de todas formas, no sabía si hubiera encontrado valor para decírselo.

Los peones acababan de marcharse cuando Helen entró en la casa.

–Buenos días, Audrey.

–Buenos días –sonrió ella, sacando dos tazas del armario–. Siéntate. Me alegro de que hayas venido porque quería despedirme.

–¿Tienes que irte hoy mismo?

–Sí, tengo que... –Audrey no terminó la frase. Odiaba mentir, pero no podía contarle la verdad.

–Mark ha pasado por mi casa esta mañana. No lo había visto levantado tan temprano en mucho tiempo. Por no decir sobrio –sonrió Helen–. Le ha dicho a John que quiere conservar el rancho.

¿Iba a conservar el rancho? Una llamita de esperanza se encendió en el corazón de Audrey. Todo iba a salir bien. El rancho era parte de Mark, su sitio.

–Me alegro muchísimo.

–¿Seguro que no puedes quedarte unos días más?

–No –contestó Audrey, entristecida al ver la expresión de Helen–. Éste sólo era un trabajo temporal, ya lo sabes.

Helen miró su taza, pensativa.

–¿Sabes una cosa? Cuando llegaste aquí, tuve la impresión de que eras justo lo que este sitio necesitaba. No sabes lo preocupados que estábamos John y yo. Mark cambió tanto después del accidente... Era como si se negara a seguir viviendo.

–Sí, pero ¿por qué? El rodeo es un deporte peligroso. Docenas de vaqueros sufren lesiones todos los años, algunas permanentes. Pero siguen adelante. Algunos incluso vuelven al circuito.

¿Por qué había empezado Mark a beber? ¿Era sólo porque ya no podía dedicarse a hacer lo que llevaba años haciendo? ¿O había algo más, algo que tenía que ver con sus pesadillas y esa fotografía en el armario?

Helen arrugó el ceño.

–Mark es una persona muy reservada. Siempre he pensado que su nombre artístico tenía más que ver con su personalidad que con otra cosa. Nunca deja que nadie se le acerque. Nunca deja que nadie le ayude –dijo, mirándola con cierta admiración–. No sé lo que hay entre vosotros, pero sea lo que sea... ha vuelto al mundo de los vivos. Y creo que tiene algo que ver contigo.

Audrey bajó la mirada. Le había mentido. Y ahora aquella mujer tan encantadora pensaba que era una especie de santa. Pero sólo era un fraude.

–¿No me digas que Mark te ha dicho algo desagradable?

Audrey dejó escapar un suspiro. ¿Cómo podía contarle la verdad?

–No, no es eso. Helen, ¿desde cuándo conoces a Mark?

–Desde que era un niño. Su familia vivía en la casa de al lado, ¿por qué?

–Hay algo que no me cuentas, ¿verdad? Sé que ya no puede volver al rodeo y que eso debe ser muy frustrante, pero... –Audrey miró por la ventana, como si estuviera pensando en voz alta–. No lo entiendo. Mark tenía contratos publicitarios, obras benéficas... este rancho. Seguramente, estaba a punto de retirarse cuando sufrió el accidente y no está en una silla de ruedas. Ni siquiera tiene que usar muletas.

Helen dejó escapar un suspiro.

–Tendrás que preguntarle a Mark.

–¿Fue algo terrible?

–Sólo puede contártelo él.

«No lo hará», pensó Audrey, tomando las tazas para lavarlas en el fregadero. Cuando volvió a mirar por la ventana, vio a uno de los peones a caballo... ¡era Mark, montando a Lone Star!

–¡Mira, Helen!

La mujer se levantó y la tomó por la cintura.

–Los milagros existen, Audrey. Quizá no deberías abandonar tan pronto.

## *Capítulo Seis*

Audrey lo observó frenando a Lone Star frente a la casa. Le encantaba verlo montar. Le gustaba ver cómo apretaba los flancos del caballo con sus poderosos muslos, con qué autoridad sujetaba las riendas. Mark desmontó haciendo un gesto de dolor y ató el caballo al poste.

Cuando entró en la casa, a Audrey se le encogió el estómago.

–Casi me mato esta mañana afeitándome. ¿No era eso lo que querías?

Parecía tan diferente afeitado... y se había cortado el pelo. Seguía estando un poco pálido, pero igual de guapo con el Stetson negro y los Wrangler ajustados.

Afortunadamente, Helen llenó el silencio.

–Menuda forma de dar los buenos días. ¿Dónde has aprendido esas maneras, con los peones?

Mark se quitó el sombrero.

–Lo siento. Creo que me hace falta un poco de práctica –contestó, mirando a Audrey–. Tengo que ir a los pastos del norte, pero antes quería beber algo... un vaso de agua.

Pero no se movió.

–Acabo de recordar que tengo que hacer una tarta –sonrió Helen–. Mark, a ver si puedes convencer a Audrey para que se quede. Está pensando irse hoy mismo.

–¡Helen! –exclamó ella. Si las miradas pudiesen matar, Helen estaría en aquel momento en la UCI.

–¿Te vas? –preguntó Mark.

–Que lo paséis bien –se despidió la mujer, con una sonrisa en los labios–. Nos vemos luego.

¿Cómo podía hacerle eso? Audrey no sabía qué hacer. Quería confesarle la verdad, decirle cuál era la razón de su presencia en el rancho, pero no podía hacerlo.

En dos zancadas, Mark se colocó a su lado.

–No irás a marcharte antes de la fiesta de esta noche, ¿verdad?

Esa colonia... era la misma que llevaba la noche que la rescató.

–¿La fiesta?

–Los peones se marchan mañana.

–Ah, sí. Es verdad.

–Tenemos que hablar.

¿Hablar? ¿Sabía por qué estaba allí? No podía ser.

–¿Sobre qué?

–Sobre nosotros –contestó él, levantando una mano para acariciar su cara.

¿Nosotros? Audrey imaginó por un momento todas las posibilidades que había en esa palabra. Mark y Audrey. Una pareja. Saliendo. Presentando a sus familias. La fantasía era absurda, pero...

–Jim va a traer la barbacoa de la ciudad.

–Qué bien –murmuró ella, nerviosa. Quizá

podría quedarse una noche más, pensó. Una noche no podría hacerle daño.

Mark se apartó entonces.

–Nos vemos esta noche –se despidió.

Pero antes de salir la tomó por la cintura e inclinó la cabeza para besarla. Antes de que ella pudiera recuperar el aliento y reaccionar de algún modo, la soltó y salió de la cocina.

Se le había olvidado el vaso de agua, pensó Audrey tontamente. Pero Mark ya había subido a Lone Star y se alejaba al galope.

Helen volvió por la tarde con dos tartas.

–¿Has decidido quedarte?

–Sólo para la fiesta. Me iré por la mañana.

Ella lo aceptó con una sonrisa.

–Sabía que Mark podría convencerte.

Sí, la había convencido. Quería descubrir de qué quería hablarle, qué era ese «nosotros». A lo mejor, en la fiesta, encontraría valor para decirle que trabajaba en una revista, incluso para pedirle una entrevista en exclusiva. Se negaba a salir corriendo como una cobarde sin terminar lo que había empezado.

Audrey y Helen hicieron litros de té helado con limón y sacaron mesas al jardín en cuanto empezó a oscurecer. Alguien colocó unos altavoces en el porche, John llevó la barbacoa y Jim colocó un barril de cerveza cerca de la piscina.

La fiesta estaba en todo su apogeo cuando Ruth se acercó para ofrecerle una cerveza.

–Me han dicho que Mark y tú os quedasteis solos jugando al póquer la otra noche. ¿Qué pasó?

La joven tuvo que darle unos golpecitos en la espalda porque Audrey se había atragantado.

–Entiendo que quieras comprobar sus «habilidades» –rió la chica–. Pero ten cuidado.

Audrey habría deseado que se la tragara la tierra. Tenía que distraer a Ruth como fuera para que no siguiera hablando de eso.

–¿Y qué pasa con Dalt? ¿Vais en serio?

Ella puso cara de sorpresa.

–¿Con Dalt, el mujeriego? No, a él no le van las relaciones serias. Aunque te aseguro que no sólo sabe domar caballos –rió, haciéndole un guiño.

Dalt se acercó entonces para sacar a Ruth a bailar. Audrey recordó los bailes en el colegio, en los que siempre se quedaba esperando mientras todas las demás chicas encontraban pareja. Y, de repente, se le encogió el corazón.

Sus emociones estaban descontroladas. Y se sentía culpable. Le había mentido a toda aquella gente. ¿Y de qué quería Mark hablar con ella? No podía ser nada bueno.

Lo vio por el rabillo del ojo, con un vaso de té helado en la mano, hablando con Bill Kingston, el propietario de la tienda de suministros de Quitman. Tenía una mano metida en el bolsillo trasero del pantalón y el sombrero echado hacia atrás. Su camisa vaquera era casi del mismo color que sus ojos y estaba tan guapo que Audrey no podía apartar los ojos. Como si hubiera intuido que lo miraba, él se volvió.

Por alguna razón, las cosas se habían dado la vuelta. Aquella noche, Mark era el que estaba tranquilo y ella la que se compadecía de sí misma.

No podía quedarse allí un segundo más, decidió entonces.

Era una noche de luna llena y una manta de estrellas brillaba sobre su cabeza. No se veían estrellas así en la ciudad, por culpa de la polución. Los grillos y las ranas cantaban y el sonido de la brisa moviendo las ramas de los árboles le daba un aire melancólico al ambiente. Audrey caminó durante un rato, perdiéndose en la belleza del campo.

Se detuvo frente al riachuelo. El sonido del agua cayendo sobre las piedras y el olor a hierba mojada la tranquilizaron un poco. La naturaleza conseguía siempre poner las cosas en perspectiva, pensó. Suspirando, se dejó caer en el suelo, abrazándose las rodillas.

Sabía qué era lo que estaba dando vueltas y vueltas en su cabeza. No quería marcharse. Quizá si tomaba un par de cervezas, tendría valor para decirle a Mark la verdad. Pero, ¿y si él la echaba del rancho delante de todo el mundo?

Una sombra apareció entonces a su lado.

–¿Qué haces aquí sola?

Pete estaba a un metro de ella y Audrey se dio cuenta de que había sido una tonta por alejarse tanto de la casa. ¿No la había advertido Ruth?

–Pensaba volver ahora mismo. Ruth me está esperando...

Antes de que pudiera ponerse de pie, Pete la tomó por los hombros.

–¿Por qué has venido aquí? Querías que te siguiera, ¿verdad?

Ella intentó apartarse, pero Pete era demasiado fuerte. Su aliento a cerveza la asqueaba.

–¡Pete, no! –gritó, empujándole con todas sus fuerzas. Pero no se movió, era como una piedra.

–No dirías en serio lo de reservarte para ese tullido, ¿verdad? –siguió Pete, aplastándola contra su pecho–. Lleva tanto tiempo encerrado que se tiraría lo primero que llevase faldas.

Audrey sintió náuseas. Luchar contra Pete no la estaba llevando a ningún sitio. Era hora de tomar medidas extremas. Levantando la rodilla, la dirigió hacia su entrepierna...

–¿Qué hacéis aquí? ¿Pasa algo?

Oh, esa voz masculina. Audrey jamás se había alegrado tanto de oírla.

Pete dio un paso atrás.

–Estábamos hablando. No pasa nada.

Audrey se quedó donde estaba, mirando el riachuelo. Cuando Pete se alejó, intentó alisarse el vestido. ¿La habría visto Mark intentando golpear a Pete o pensaría que estaban besándose?

–¿Te ha molestado ese imbécil? Si es así, voy a sacarlo a patadas de aquí...

–No, déjalo.

Pete se marcharía por la mañana, de modo que no tenía sentido montar una escena.

–¿Seguro que estás bien?

–Sí, estoy bien. Un poco cansada, he trabajado mucho hoy.

Intentó dar un paso atrás para no estar tan cerca. Mala idea. Tropezó con sus propios pies y Mark tuvo que sujetarla.

–Cuidado –murmuró, tomándola en sus brazos.

La sujetaba por los hombros, como había hecho Pete, pero Audrey no tenía miedo. Bajo el vestido, su piel ardía. Los ojos de Mark parecían negros en la oscuridad. Tenía los labios entreabiertos y se percató de que respiraba agitadamente. Podía oler el aroma de su colonia... Sin pensar, se puso de puntillas y escondió la cara en su cuello.

Mark murmuró algo mientras la abrazaba con fuerza. Luego, tomó su cara entre las manos y la besó largamente.

Sus labios eran cálidos, fuertes y suaves al mismo tiempo. Audrey enredó los brazos alrededor de su cuello.

Aquello era tan hermoso, lo había soñado tantas veces... Sin motivos ocultos, sin alcohol, sin juegos, sólo un anhelo profundo.

Pero él se apartó para mirarla a los ojos.

–He llamado a tu empresa y les he dicho que vas a quedarte.

–¿Qué?

Él se encogió de hombros.

–Esta casa necesita una persona que la atienda. Y tú y yo tenemos algo que solucionar.

«Algo que solucionar». Entonces, debía saber la verdad. Además, si había llamado a la revista... ¿pensaría el señor Burke que había dejado su trabajo? ¿O habría llamado a su tío Bill, que era su coartada? ¿Y por qué se dedicaba a llamar sin contar con ella? No tenía ningún derecho.

Pero, ¿no estaba triste precisamente porque tenía que marcharse? ¿Quería quedarse o no?

De repente, una vida entera teniendo que despertar a las cuatro de la mañana, cocinando y limpiando para una docena de peones no sonaba tan mal si así podía estar con Mark todos los días.

¿Estaba enamorada de Mark?

Sería ridículo si no fuera tan... cierto. ¿Amor? No, no, no. Sólo era una respuesta a aquel beso que llevaba tanto tiempo esperando. Besándola, la había hecho sentir guapa y deseable, nada más. Y nadie más que él lo había conseguido. Sencillamente, se sentía agradecida.

Mark Malone era un vaquero agrio, amargado... guapísimo, tierno, sexy... ¡Se acabó! Sí, era todo eso. ¿Y qué? ¿De verdad estaba pensando dejar su trabajo como periodista... bueno, como correctora de estilo por el momento, en Dallas para limpiar cacerolas y vivir en medio de ninguna parte?

–No puedo quedarme –dijo por fin.

–Tu tío dice que sí puedes. Te doblaré el sueldo.

–Pero tengo que estar en Dallas el lunes para... para presentarme en otro empleo temporal.

–Tu tío me ha dicho que no te preocupes, que él se encargaría de todo.

¿Qué significaba eso? ¿El tío Bill habría hablado con el señor Burke? ¿Qué estaba pasando allí? ¿La habrían despedido? ¿Por qué quería

Mark que se quedara? ¿Tan impresionado estaba con sus habilidades como cocinera? No podía ser.

Pero daba igual. Aunque quisiera cambiar de vida, no podría quedarse allí sin contarle la verdad. Y él la odiaría por engañarlo.

–No –dijo por fin–. Tiene que haber un error. No puedo quedarme... no puedo.

Luego, salió corriendo hacia la casa.

Mark hubiera querido gritarle a la luna para aliviar su frustración. O mejor, tirarse al riachuelo para ver si así se calmaba un poco.

Con ese vestido de algodón, el pelo suelto y aquellos labios tan jugosos lo había tenido excitado toda la noche y ahora...

Se sentía como si estuviera otra vez en el instituto, cuando al ver la minifalda de las animadoras tenía que ir al baño para... ponerle remedio a la situación.

Se encendía teniéndola entre sus brazos. Cuando ella puso la cara en su cuello, había tenido que hacer un esfuerzo sobrehumano para no tumbarla sobre la hierba.

Y Audrey también lo deseaba, estaba claro. ¿A qué jugaba ahora? ¿Y qué demonios hacía allí con Pete? ¿Habría cambiado de opinión después de quedar con él en el riachuelo? Pete era un crío...

Por supuesto, eso nunca detuvo a su propia madre. Habían pasado tantos hombres por su casa que era increíble que Keith y él hubiesen podido pegar ojo.

Un recuerdo vívido apareció en su mente. Era

invierno y él debía tener unos cinco años. Recordaba que su madre lo dejó solo en el coche... Le pregunto dónde iba y ella le contestó que se callara. Mark tenía frío y estaba asustado, pero sabía que no debía protestar. Deberían haber ido al supermercado, pero había visto a su madre besando a un hombre...

¿Qué demonios? Estaba temblando como un novato sobre su primer toro. Mark se secó el sudor de la frente con la manga de la camisa. Esperaba que Audrey no tuviera nada con Pete. Si fuera así, lo mataría. No quería pensar por qué. Pero una vocecita le decía que era porque había empezado a confiar en ella.

¡Al demonio con eso! Nunca volvería a confiar en ninguna mujer.

Menos mal que Pete se iba al día siguiente, pensó. No, mejor hablaría con él para que se fuera esa misma noche.

Y, al día siguiente, pondría el resto del plan en acción.

# *Capítulo Siete*

Mark se levantó temprano el domingo y acorraló a John en los establos.

–Hola, John. ¿Qué te parece si hoy comemos en el campo?

El capataz lo miró, boquiabierto.

–¿Qué pasa?

–Se te va a meter una mosca en la boca –rió Dalt.

–¿Quieres que comamos en el campo?

–Habéis terminado de marcar el ganado, así que podríamos tomarnos un descanso –se encogió Mark de hombros–. Podríamos invitar a Helen... yo me encargo de la comida.

–Muy bien.

–Gracias –dijo Mark, dándole una palmadita en la espalda.

–Buenos días, Audrey.

Ella tropezó y tuvo que agarrarse a la barandilla de la escalera.

–¡Cuidado! –gritó Mark, corriendo para ayudarla.

Durante las últimas dos semanas había subido y bajado esa escalera sin el más mínimo tropezón. Ni siquiera que Mark la saludara era justificación posible. Pero era el tono, ese tono suave, seductor, lo que la había sobresaltado. Sólo había dicho «buenos días», pero a Audrey le había sonado como «te deseo».

No, debía estar imaginando cosas. Seguía medio dormida, oyendo lo que quería oír. Lo que había oído en sus sueños.

Pero volverse para mirarlo fue un error. Estaban tan cerca que sus labios casi se rozaban. Mark se había afeitado y el aroma de su colonia enviaba olas de calor por todo su cuerpo; unas olas que se convertían en un incendio entre sus piernas. ¿Cómo iba a tener cuidado cuando la mano masculina en su cintura la impedía pensar?

–Gracias –susurró cuando llegaron abajo.

Mark no dejaba de mirar sus labios. Quería besarlos...

–Vamos a comer en el riachuelo. Vendré a buscarte a las doce –dijo con voz ronca.

El corazón de Audrey se llenó de temor. Debería irse de inmediato, llamar al señor Burke y aclarar las cosas.

Le presentaría el artículo, conseguiría el ascenso y seguiría adelante con su vida. Mark no podía estar interesado en alguien como ella. Probablemente, sabía quién era y estaba jugando como el gato con el ratón.

–No puedo...

–Claro que puedes. Todo está arreglado.

Parecía tan convencido... ¿Por qué no?, se dijo.

«Tú sabes por qué no, Audrey. Cuanto más tiempo te quedes, más posibilidades hay de que descubra por qué estás aquí».

«Y más difícil te resultará marcharte», le dijo su corazón.

Pero la idea era tentadora. Un día más. Sólo un día más. Ese día sería como un tesoro para ella. Mientras recordase que todo era una farsa.

Audrey dejó escapar un suspiro.

–De acuerdo.

A las doce exactamente, John y Helen aparecieron a caballo frente a la casa. Mark iba detrás, montado sobre Lone Star y llevando de las riendas una yegua gris. Con vaqueros y botas, el sombrero echado sobre la frente, era una figura imponente.

–Es preciosa –sonrió Audrey, acariciando la cabeza de la yegua–. ¿Viene alguien más?

–La mayoría de los peones se han marchado esta mañana. Jim se ha ido a Tyler con Ruth y no sé dónde está Dalt. Así que sólo vamos nosotros –contestó Helen, haciéndole un guiño.

Mark bajó del caballo para ayudarla a montar.

–Se llama Starlight y es dócil como un corderito –murmuró, tomándola por la cintura–. Levanta la pierna izquierda.

–¡No tienes que ayudarme! –protestó Audrey.

–¡Levanta la pierna, maldita sea!

Una vez en la silla, Audrey miró hacia abajo, irritada.

–¿Qué pasa? –exclamó Mark.

–Es que... peso mucho.

–¿Pesas mucho para un tullido quieres decir? ¿Cómo podía pensar eso?

–¡No! Quería decir que peso mucho para cualquiera. Estoy gorda, ¿vale? No quería que te rompieras la espalda.

Mark dio un paso atrás.

–Pero, ¿qué estás diciendo? ¿Tú, gorda?

Parecía sincero. ¿De verdad no veía lo gorda que estaba con esos vaqueros?

No debería haber aceptado ir a comer, pensó. Todo aquello la estaba poniendo nerviosa.

–Venga, chicos, se nos va a hacer de noche –protestó John.

El sol y la brisa en la cara eran maravillosos. Mark tenía razón sobre Starlight, se dejaba llevar como un corderito. Aunque Audrey sabía montar desde pequeña.

–Voy a tener que comprarte unas botas –dijo Mark, mirando sus zapatillas de deporte.

–Ya te he dicho que no voy a quedarme. Gracias por la oferta, pero...

–Si crees que voy a dejarte ir, te equivocas, cariño –la interrumpió él.

Audrey se quedó perpleja. ¿Qué podía decir? Incómoda, decidió cambiar de conversación.

–Supongo que habrás viajado por todo el país de rodeo en rodeo. ¿Cuál es tu sitio favorito? Yo siempre he querido ir a Las Rocosas.

Él la miró a los ojos, controlando el semental con la habilidad de un experto. Se mantuvo en silencio durante tanto tiempo que Audrey pensó que no iba a contestar. Pero, por fin, se encogió de hombros, pensativo.

–Sí, Las Rocosas son muy bonitas, especialmente en Canadá. Pero mi sitio favorito es el Gran Cañón. No te puedes imaginar lo grande que es hasta que estás al borde. Te sientes insignificante... como si fueras una gota de agua en el océano. Como si lo que haces en la vida no tuviera ninguna importancia.

Audrey tuvo que disimular su asombro. Había esperado una conversación mundana, banal, no una charla filosófica.

–¿De verdad crees que lo que haces no tiene importancia?

Mark se encogió de hombros.

–¿Y tú? ¿Siempre has vivido en Dallas?

Ella dejó escapar un suspiro. Claramente, no quería hablarle de su vida.

–Crecí a las afueras de Fort Worth. Mi padre tiene un rancho de caballos y mi madre solía llevarnos a la ciudad para jugar en el parque Water Gardens. ¿Lo conoces?

–No.

De nuevo, se quedó sorprendida. ¿Había nacido en Fort Worth y no conocía el parque? Le habría gustado preguntarle por su infancia, pero sabía que Mark evitaría las preguntas personales.

De modo que le habló de su familia: de su madre, que murió de cáncer de mama a los treinta y nueve años. Audrey tenía catorce y tuvo que cuidar de sus hermanas, Claire y Miranda. Le habló de la enfermedad de su cuñado, de su sobrino Devon, que tenía cuatro años. Y, por fin, le habló de su padre, el campeón del rodeo.

–¿Eres la hija de Glenn Tyson?

–¿Le conoces?

Mark asintió, pero luego apartó la mirada, en silencio.

Por fin llegaron al riachuelo. La vasta pradera frente a ellos estaba cubierta de florecitas azules y el color zafiro le recordaba los ojos de Mark. Audrey se sentó sobre la hierba, emocionada ante tanto esplendor.

–No sé vosotros, pero mi estómago está empezando a protestar –dijo John.

Helen levantó los ojos al cielo.

–Este marido mío sólo piensa en la comida.

John la ayudó a desmontar y, con expresión seria, Mark ayudó a Audrey. Los hombres se encargaron de los caballos mientras Helen y ella sacaban la comida y extendían las mantas sobre la hierba.

Mark y John y él se pusieron a charlar sobre el ganado mientras Helen le hablaba sobre su hijo y sus nietos, que vivían en California.

Después de comer, John se levantó y le ofreció la mano a su mujer.

–Helen, cariño, ¿te apetece dar un paseo conmigo?

–Pues claro, es lo que más me apetece –sonrió ella.

Mark masculló una maldición, enfadado con su capataz por dejarlo a solas con Audrey. Una hora antes le habría dado un aumento de sueldo por ello, pero acababa de descubrir que era hija de Glenn Tyson.

La tarde fue una tortura. Pasar tiempo con ella, ver el sol jugando con su pelo, cómo se iluminaban sus ojos, oír su risa contagiosa mientras le contaba las travesuras de su sobrino... Pero admiraba el cariño que había en su voz cuando hablaba de su familia, especialmente de su cuñado.

Pero, ¿cómo iba a seducir a la hija de su héroe?

Por fin, decidió levantarse y poner cierta distancia entre ellos. Pero levantarse no era tarea fácil. Percatándose de lo torpe que iba a parecer, Mark puso en marcha el plan B: se tumbó sobre la manta, con el sombrero sobre los ojos y las manos en la nuca.

Irritada por su grosería, Audrey tuvo que contener el deseo de tirarle un vaso de té a la cara. Se había remangado la camisa y los poderosos antebrazos y la forma de los bíceps bajo la tela eran un espectáculo. Luego miró su estómago plano... y más abajo, el bulto bajo los vaqueros.

Sí, hacía mucho calor, pensó, ahuecándose la blusa y abanicándose con la mano.

Debía haber suspirado porque Mark se apartó el sombrero de la cara para mirarla. Pero no dijo nada.

En momentos como aquél, Audrey hubiera deseado ser más ocurrente, decir algo simpático, pero no se le ocurría nada.

–¿Has estado alguna vez en el Gran Cañón? –preguntó él por fin.

–No, pero me encantaría verlo alguna vez. Supongo que también yo me sentiría insignificante.

–No, tú no –dijo él.

–¿Por qué dices eso? Yo no soy nadie. Tú has

hecho tantas cosas en la vida... Piensa en los niños a los que has convencido para que no dejaran el colegio, los buenos recuerdos que has creado para los niños huérfanos que, de no haber sido por ti, jamás habrían tenido la oportunidad de conocer a una estrella del rodeo.

–No soy ningún héroe. Me venía bien para reducir impuestos.

–No te creo. Yo solía soñ...

Audrey no terminó la frase, cortada.

–¿Qué solías soñar?

Había estado a punto de contarle que él era el hombre de sus sueños desde la adolescencia. ¿En qué estaba pensando? Como no podía desaparecer por arte de magia, Audrey decidió que lo mejor era inventarse algo.

–Soñaba con... visitar todos los sitios hermosos del planeta. Háblame de tus viajes.

Mark le habló de Calgary y Las Vegas, de Tucson y Tulsa. Le describió las montañas nevadas de Canadá, la tundra de Alaska y los bosques de California.

Perdida en aquel hermoso retrato de los sitios que siempre había querido visitar, Audrey se tumbó también, apoyando la cara en un codo para escucharlo mejor.

Cuando Mark dejó de hablar, se dio cuenta de lo cerca que estaban. Sus ojos se encontraron entonces y notó que él respiraba agitadamente. Los ojos azules se habían oscurecido. Parecía un hombre hambriento mirando un festín desde la ventana.

Sin pensar, Audrey levantó la mano para acariciar su mejilla. Mark cerró los ojos y ella, animada, pasó los dedos por su pelo.

–Audrey...

Despacio, Mark apartó un mechón de pelo de su frente. Luego buscó sus labios. Como ella no se resistía, la envolvió en sus brazos, apretándola contra su pecho.

Mientras la besaba, deslizaba las manos hasta su trasero para acariciar y apretar. Ella gemía, acariciando su pelo, dejando escapar la pasión que había acumulado durante tantos años. Con la otra mano, notaba los latidos de su corazón.

Mark la tumbó de espaldas y se colocó encima, besándola apasionadamente, metiendo la lengua en su boca, jugando con la de ella mientras desabrochaba su blusa.

–Audrey... te deseo.

–Sí –susurró ella, enfebrecida. Aquella vez no iba a parar.

Apretando sus pechos con las dos manos, Mark metió la cabeza entre ellos, besando el borde del sujetador. Luego tiró de la prenda hacia abajo y cubrió un pezón con la boca.

Audrey dejó escapar un gemido y él se echó hacia atrás, pensando que le había hecho daño, pero ella no se lo permitió. Cuando empezó a chupar, Audrey tembló ante el íntimo contacto.

–Me gustas tanto –murmuró Mark, con voz estrangulada, buscando su boca de nuevo. Era un beso fiero, duro, ardiente. Luego tomó su cara entre las manos para mirarla a los ojos–. Esta noche... –entonces se apartó, sin terminar la frase, y se sentó sobre la manta, pasándose una mano por el pelo, como si se lo hubiera pensado mejor.

Audrey dejó escapar un gemido de frustración. Por un momento, se quedó allí, confusa, sin saber qué hacer, hasta que oyó pisadas en la hierba. Helen y John se acercaban hablando en voz alta.

La vuelta a la realidad fue como una bofetada. Nerviosa, empezó a colocarse la ropa y, cuando su corazón volvió más o menos al ritmo normal, se sintió mortificada, por no decir asombrada de sí misma.

Audrey Tyson se había dejado besar y medio desnudar por un hombre al aire libre. Y Mark había dicho: «Esta noche».

Pero ella sabía que no habría «esa noche».

# *Capítulo Ocho*

En silencio, Mark la ayudó a desmontar y luego llevó a los caballos al establo. Su mirada prometía placeres que ella no iba a experimentar.

Audrey corrió a su habitación, tomó el móvil y llamó al señor Burke. Pero tenía dos mensajes en el buzón de voz. Uno del señor Burke y otro de su hermana.

–Audrey –decía su jefe– ¿Cómo que vas a quedarte en casa del Vaquero Solitario? ¿Tienes el artículo o no? Llámame.

Lo llamaría cuando estuviera de camino.

El mensaje de su hermana era más frenético. Preocupada por su cuñado, Audrey la llamó de inmediato.

–Claire, ¿qué pasa? ¿Es Danny?

–Está enfermo, Audrey. Tiene fiebre y no quiere ir al hospital. ¡Es un cabezota! Pero voy a llevarlo quiera o no. Tengo miedo de que sea una neumonía.

–¿Quieres que vaya ahora mismo?

–Te lo agradecería muchísimo. Miranda está fuera de la ciudad y papá está resfriado...

Un hospital no era sitio para un niño de cuatro años, pensó Audrey.

–Yo estoy en el rancho, pero me marcho ahora mismo. Llegaré en un par de horas.

Después de colgar, sacó la maleta del armario y guardó las cosas que no había tenido tiempo de guardar por la mañana.

Cuando bajaba por la escalera, Mark entraba en la casa.

–¿Dónde vas?

–Mi cuñado está enfermo y mi hermana cree que podría ser una neumonía. Voy a cuidar de mi sobrino mientras él está en el hospital.

Antes de que terminase la frase, Mark la había abrazado.

–¿Están en Dallas?

–En Arlington. Yo...

–Iremos en mi avión y llegarás en media hora –la interrumpió él–. No te preocupes, llegarás a tiempo.

Luego se volvió y entró en el estudio.

¿Su avión? Después de unos segundos, Audrey se percató de que seguía con la boca abierta.

Mark se alegraba de no haber vendido el avión. Su amigo Jake aceptó llevarlos a Arlington de inmediato y quedaron en el aeródromo, en la zona sur del rancho. En quince minutos, estaban a bordo.

Audrey iba en silencio. En sus ojos sólo había preocupación. ¿Había querido impresionarla con su avión privado?, se preguntó Mark. ¿Cómo podía ser tan superficial? Además, ¿no había demostrado ella varias veces que no estaba interesada en su dinero?

Había un aeropuerto municipal en Arlington

que estaba a sólo unos kilómetros de la casa de su hermana y Mark había llamado a una limusina para que fuera a buscarlos.

Una mujer de largo pelo rubio y ojos de color violeta abrió la puerta. Mark nunca había visto unos ojos de ese color. Era alta, muy delgada, guapísima.

–¿Cómo está Danny? –exclamó Audrey, abrazando a su hermana–. Qué tonta he sido. Podríamos habernos visto en el hospital...

–No quería que Devon fuera al hospital. Qué pronto has llegado. ¿Has venido en avión?

Audrey dio un paso atrás y señaló a Mark.

–Claire, te presento a... el nuevo trabajo del que te hablé...

–Mark Malone –la interrumpió él, estrechando su mano–. Encantado de conocerte, Claire. Y sí, hemos venido en avión.

Claire miró a su hermana, pero no hizo más preguntas.

Un hombre en una silla de ruedas eléctrica se acercó entonces. No podía tener más de treinta años y parecía un atleta que hubiera dejado de entrenar. Pero Mark sabía que no había tenido opción. Estaba pálido y tenía los ojos brillantes.

Cuando su hermana se apartó, Audrey se inclinó para darle un abrazo.

–¿Le estás dando quebraderos de cabeza a mi hermana? –le espetó, de broma.

Su cuñado asintió, sonriendo.

–Pues será mejor que te cuides. Las Tyson nos defendemos unas a otras, ¿sabes?

De nuevo, su cuñado sonrió.

–Mira que eres charlatán. Podrías dejarme decir una frase de vez en cuando.

El hombre levantó las cejas, señalando a Mark.

–Ah, perdona. Es Mark Malone, la persona que me ha traído aquí. Mark, te presento a mi cuñado, Danny Grant.

Danny tomó una especie de palito con la boca y pulsó un par de botones de la pantalla que había instalada en la silla. Una voz metálica anunció:

–Encantado... de... conocerte.

La hermana de Audrey volvió con un niño pequeño que era una versión en miniatura de su padre.

–Devon, dame un beso –sonrió Audrey.

El niño le echó los bracitos al cuello, pero enseguida se volvió hacia Mark.

–¿Vaquero?

Claire rió.

–A Devon le encantan los vaqueros y los indios, señor Malone.

Mark acarició la cabecita del niño. Le recordaba a Keith... entonces se le ocurrió una idea.

–Yo tengo muchos caballos en mi rancho. ¿Te gustaría montar uno?

El niño abrió mucho los ojos, asintiendo con la cabeza.

–Bueno... es muy amable por tu parte –intervino Audrey–. Pero yo creo que es muy pequeño para eso.

–Podría quedarse en el rancho un par de días y probar con un poni...

–¿Audrey va a quedarse unos días más? –preguntó Claire.

–No.

–Sí –contestó Mark al mismo tiempo.

–¿Y seguro que el niño no le molestaría? –preguntó Claire, sin percatarse de los gestos que le hacía su hermana.

–No me molestaría en absoluto, todo lo contrario. Me encantaría tenerlo unos días en el rancho.

–¡Caballos! –exclamó Devon.

–Lo pasará estupendamente y no tiene que preocuparse, cuidaremos muy bien de él –siguió Mark, aunque veía la expresión aterrorizada de Audrey por el rabillo del ojo.

–Pues a mí me parece una idea estupenda, ¿verdad, Danny?

Su marido asintió con la cabeza.

–Entonces, decidido –sonrió Mark.

–Voy a guardar sus cosas en una bolsa de viaje. No puede irse sin su cepillo de dientes.

Danny y su mujer desaparecieron en el interior de la casa con el niño, mientras Audrey se volvía hacia él.

–No puedo quedarme unos días más.

–¿Por qué no?

–Porque... pues...

Quizá debería dejarla ir, pensó Mark. Pero había demasiada pasión entre ellos. Demasiadas cosas por hablar.

–Es demasiado tarde. Tu sobrino está deseando ver a los caballos.

–Mark, puedes encontrar otra cocinera...

–Recuerda lo que te dije, Audrey. Tú empezaste esto y tú tienes que terminarlo. Querías que dejara de beber y lo he hecho. Ahora, yo deseo algo de ti. Y no pienso dejarte ir. Aún no.

Mark abrió los ojos el lunes por la mañana y encontró un par de ojos oscuros mirándolo como si fuera un espécimen de laboratorio. ¿Cómo se le había ocurrido llevar al niño al rancho? Él ya no podía ser el héroe de ningún niño.

–¿Vamos a montar el poni? –preguntó Devon.

–Pues... ahora mismo no –contestó Mark–. Ve a buscar a tu tía.

El pobre se volvió, sin poder disimular la tristeza.

–Bueno.

–Oye, espera.

Devon se volvió, con expresión desolada, como si esperase más malas noticias.

–Vamos a buscar tu poni –dijo Mark entonces.

El rostro infantil se iluminó.

–¿De verdad?

–Claro que sí. Pero, antes, tenemos que vestirte de vaquero, ¿no?

–¿Con un sombrero y todo?

–Sí, con un sombrero y todo.

Tres horas después, Mark entraba en la cocina con un vaquero en miniatura: Devon llevaba unos Wrangler de la talla más pequeña que había podido encontrar en la ciudad, unas botas diminutas y un sombrero tejano.

–¡Audrey! –gritó el niño–. ¡Soy un vaquero de verdad! ¡Mark me ha comprado un poni!

Mark estaba agotado, pero todo merecía la pena con tal de ver a Audrey sonriendo como si le hubiera comprado al niño la luna y las estrellas. Como había deseado verla sonreír desde que la conoció.

–¿Le has dado las gracias al señor Malone?

–Gracias –sonrió Devon, abrazándose a su pierna. Aunque lo que Mark deseaba era que Audrey le abrazase...

Como si hubiera leído sus pensamientos, ella se echó en sus brazos.

Allí era donde debía estar. La comida en el campo había sido una revelación. Nunca había hablado tanto de sí mismo con otra persona. Nunca había perdido el control.

Audrey Tyson se le estaba metiendo bajo la piel. Cuando la vio abrazar a su hermana y a su cuñado con lágrimas en los ojos, cuando vio lo cariñosa que era con su sobrino, pensó en una familia. Le hizo soñar con formar una.

Y eso era muy peligroso.

Pero Audrey lo miraba con una brillante sonrisa en los labios.

–Gracias.

Que el cielo lo ayudase.

A Mark se le hizo un nudo en la garganta. Nunca le habían agradecido tanto algo tan pequeño. Incapaz de contenerse, buscó sus labios y la besó posesivamente.

Audrey se apartó enseguida y eso fue como un jarro de agua fría. Pero el sonido de la risa de Devon por fin lo hizo reaccionar. Confuso e inseguro, se quedó parado en medio de la cocina mientras ella llevaba al niño a la habitación para que Mark descansara un poco.

Aunque él no quería descansar.

Nervioso, salió al corral para ponerle la silla al poni, pensando en los días que le quedaban con Audrey. John apareció en ese momento y apoyó un pie en la cerca.

–Es un encanto de crío, ¿eh? ¿Vas a enseñarle a montar?

Mark levantó una ceja.

–Podríamos decir que no tengo más remedio.

–¿Por qué?

–Porque ese crío me ha echado el lazo.

John soltó una carcajada.

Audrey estaba preparando un sándwich para su sobrino, enfadada consigo misma por haberse quedado dormida. Cuando no encontró a Devon en su habitación, temió que estuviera molestando a Mark... Pero encontró una nota pegada a la nevera: *Devon y yo nos hemos ido a la ciudad. Mark.*

Audrey tuvo que sonreír. No podía creer que le hubiera comprado un poni. Pero, ¿por qué le sorprendía? Mark siempre había sido muy bueno con los niños.

Cuando Devon se abrazó a su pierna lesionada y él reaccionó acariciando el pelo del niño, el corazón de Audrey había dado un vuelco. En ese momento, supo que no podía seguir engañándose a sí misma.

Estaba locamente enamorada de Mark Malone.

# *Capítulo Nueve*

Estaba atrapada.

Audrey movió los hombros, intentando aliviar la tensión.

Mark se había llevado a Devon al corral para darle la primera clase y Audrey los espiaba desde la ventana de la cocina. Al ver cómo tomaba a su sobrino en brazos para subirlo al poni, sintió que su amor por él aumentaba. Se permitió a sí misma fantasear que estaban casados, que Devon era su hijo y aquélla, su casa.

Y que nunca lo había engañado.

Patético.

El sonido del teléfono la sacó de su ensoñación. Claire llamaba desde el hospital para decir que Danny tenía una infección en el sistema circulatorio. No era neumonía, afortunadamente. Pero tendría que permanecer en el hospital dos o tres días. Hasta entonces, Audrey estaba atrapada.

Esa noche, después de cenar, llevó un par de sillas de la cocina al salón y ayudó a Devon a colocar mantas por encima. Su sobrino quería hacer una tienda india frente a la chimenea y Audrey se metió bajo las mantas, con un bol de palomitas.

–Cuando te las comas, a la cama.

–No quiero irme a la cama.

–Ya has oído a tu tía Audrey. No discutas con ella –oyó la voz de Mark. Cuando el niño asomó la cabeza fuera de la tienda, él lo tomó en brazos y lo lanzó al aire.

Audrey estaba como hipnotizada. Con una camiseta de manga corta, sus bíceps eran increíbles. ¿Qué tenían los músculos de aquel hombre que hacían que le temblasen las rodillas? Bueno, eran los músculos, los labios, los ojos...

Y cómo trataba a su sobrino.

El niño reía, encantado, mientras lo tiraba al aire.

–¿Me das palomitas? –le preguntó, dejándose caer en el sillón.

–Cuéntame un cuento –dijo Devon.

–Muy bien, pero tienes que tumbarte dentro de la tienda.

El niño obedeció enseguida.

–¡Ya estoy!

–La primera vez que vi a Lone Star –empezó a relatar Mark– estaba pateando dentro de un corral.

Tan cautivada como el niño, Audrey se sentó en el suelo para escuchar la historia de cómo Mark había usado el dinero que ganó con su primer premio para comprar el caballo.

Cuando dejó de hablar, miró a su sobrino y vio que estaba profundamente dormido.

–Será mejor que me lo lleve a la cama.

–No te preocupes, déjale ahí un ratito. ¿Quieres un café?

«Oh, sí», pensó. «Y a ti. Durante el resto de mi vida».

–Acabo de hacerlo –murmuró Audrey, levantándose.

Volvió con dos tazas y, después de darle una a Mark, volvió a sentarse en el suelo.

–Gracias –dijo él, muy serio.

Nerviosa, Audrey tomó un sorbo de café, pero estaba ardiendo.

–¿Te has quemado? –preguntó Mark, levantando su cara con la mano.

Audrey recordó la comida en el campo. Sería desastroso sucumbir a la tentación. ¿Cómo iba a hacerlo si le estaba mintiendo?

–Claire dice que Danny volverá a casa en dos o tres días –murmuró, apartándose–. Así que me llevaré a Devon el jueves por la mañana.

Mark dejó escapar un suspiro.

–Lo llevaremos en mi avión.

–No hace falta. Pero gracias por ser tan bueno con él. Lo está pasando de maravilla.

Mark miró al niño dormido, pero sus pensamientos parecían estar muy lejos.

–Se le da muy bien montar en el poni. Me recuerda a mi hermano.

Audrey pensó en el chico de la fotografía.

–¿Tienes un hermano?

–Sí, se llama Keith –contestó Mark, sin mirarla.

Ella quería saber tantas cosas... ¿Le hablaría de su pasado?

–¿Es mayor que tú?

–Cumplirá veintidós años este mes. Recuerdo

que Helen le hizo una tarta de cumpleaños cuando cumplió los siete y, después de comer, nos llevaron a un picadero. Yo tenía catorce años entonces y, después de verme montar, John dijo que eso era lo mío. Ese día decidí que me compraría un caballo.

¿Helen y John? ¿Y sus padres?

–¿Keith vive cerca de aquí?

Mark apretó la mandíbula.

–Creo que sí –murmuró, levantándose para atizar el fuego.

«¿Creo que sí?».

–¿Y tus padres?

–Han muerto –contestó Mark.

–Ah, lo siento.

Sabía por experiencia que uno no podía decir mucho más. Pero se preguntó cuántos años tendría cuando murieron.

–Deberíamos llevarlo a la cama –dijo Mark entonces, señalando al niño.

–Sí, es verdad.

Dejaron a Devon en la cama y, después de mirarle un momento, Mark se volvió hacia Audrey, muy serio, con la respiración agitada. Ella se asustó al percatarse de cuánto deseaba que la tocase, que la besara.

Pero si sucumbía, cuando se fuera el jueves podría arrancarse el corazón y dejarlo allí, en el rancho.

Mark se quitó la camiseta y la tiró con violencia sobre la cama. ¿Por qué le había hablado de Keith?

Él nunca hablaba del pasado. Nunca. Pero desde que Audrey llegó a la casa, lo había embrujado. Pensaba en ella constantemente.

Le temblaban las manos mientras se bajaba la cremallera del pantalón vaquero. ¿Desde cuándo había perdido el control de sí mismo? Incluso mirando al niño, le habría gustado besarla.

No podía pensar con claridad cuando estaba con ella, se dijo, mientras entraba en la ducha. Ni siquiera cuando no estaba con ella.

Supuestamente, era él quien debía seducirla, no al revés. Y debía tener cuidado o acabaría contándole la triste historia de su vida, como uno de esos imbéciles de los programas de televisión.

Mark sacudió la cabeza. Ni muerto haría eso.

Cuando sonó el teléfono el martes por la mañana, Audrey pensó que sería Claire y corrió a contestar, rezando para que no fuera su jefe. Le había dejado un mensaje, pero el señor Burke no daba señales de vida.

Cuando llegó a la cocina, vio que Helen se le había adelantado.

–Sí, se lo diré, por supuesto –oyó que decía, antes de colgar.

–¿Quién era? –pregunto Audrey.

Helen se volvió.

–Un hombre... ha dicho que era tu jefe.

Ella se agarró al quicio de la puerta. No podía más. Estaba harta de contar mentiras. Además, no podría escribir un artículo sobre la vida de Mark sin contar con él, no podría hacerle eso.

Sus admiradores tendrían que seguir preguntándose qué habría sido del Vaquero Solitario.

¿Cómo podía sentir algo tan profundo en tan poco tiempo?

Ella siempre había querido ser periodista, pero hasta poco tiempo atrás no había creído en su talento. Y ahora no estaba segura de si quería serlo pagando un precio tan alto. No tenía el instinto asesino necesario para hacer ese trabajo.

–Lo es. Es el editor de *Dallas Today* –Audrey se dejó caer sobre una silla. Se sentía aliviada de contar la verdad, como un pecador confesando sus pecados, pidiendo perdón.

Se lo contó todo a Helen. Cuando terminó, la mujer se quedó callada un momento, pero no parecía enfadada.

–¿Has decidido no escribir ese artículo?

–Así es.

–Pero entonces no conseguirás lo que quieres –dijo Helen.

–No podría traicionar a Mark. Ya buscaré otra solución.

–Entonces, lo único que tienes que hacer es hablar con él.

–No puedo. Se pondría furioso...

–Seguramente se enfadará un poco –la interrumpió Helen–, pero se le pasará, te lo aseguro. Le conozco bien. Cuéntaselo, Audrey. Mark y tú tenéis que hablar en serio alguna vez –añadió, abrazándola–. Por cierto, echo de menos a los niños que venían por aquí. ¿Qué te parece si me llevo a Devon al zoo mañana?

–Muy bien... –murmuró ella, confusa.

Después de comer, sonó el timbre y Audrey abrió la puerta. Era un hombre de veintitantos años, rubio y con gafas.

–¿Sí?

–He venido a ver a Mark –contestó el joven, inseguro, mirando por encima de su hombro.

–No volverá hasta la tarde.

–Sí, Helen me lo ha dicho. Tú debes ser Audrey, ¿no? –murmuró el chico, pasándose una mano por el pelo en un gesto que le resultó familiar.

–¿Eres amigo del señor Malone?

Él se quedó un momento en silencio.

–¿Mark no te ha hablado de mí? Soy Keith Malone, su hermano.

Mientras le servía un té, Audrey lo observaba por el rabillo del ojo. Keith no se parecía nada a Mark. Era más bajito, más delgado y con el pelo más claro.

–Después del accidente, quise ir a verlo, pero Mark no dejó que nadie fuera al hospital y no me devolvía las llamadas. Por eso, cuando Helen me contó que había dejado de beber, pensé que lo mejor era aparecer por aquí sin avisar.

Audrey no sabía qué decir, de modo que permaneció en silencio.

–Helen dice que has hecho maravillas en la casa –siguió Keith–. Pero no me había hablado de niños –añadió, mirando hacia el cuarto de estar.

Devon estaba mirando la televisión.

–Mi sobrino llegó ayer. Sólo se quedará unos días.

–Helen dice que tu presencia aquí ha cambiado muchas cosas.

Luego le contó que los Walsh habían sido sus vecinos cuando eran pequeños, en Fort Worth, que jugaban con John y que Helen les daba galletas.

–Hablo por teléfono con ella todas las semanas.

Cuando terminaron el té, Keith se mostraba tan abierto que Audrey se aventuró a preguntarle por sus padres.

–Supongo que debió ser horrible crecer sin ellos. ¿Cuántos años teníais cuando murieron?

Él la miró, boquiabierto.

–¿Mark te ha contado eso? Nuestros padres no han muerto, Audrey.

# *Capítulo Diez*

Keith se negó a seguir hablando del asunto, pero insistió en ver a Mark.

–Ya está bien. No lo he visto en muchos años.

Audrey no podía disimular su sorpresa. Keith era un niño cuando Mark se marchó de casa. ¿Qué haría cuando le viera?

En ese momento oyó pasos en el porche y Mark abrió la puerta, llamando a Devon... Pero no terminó la frase.

Antes de que ninguno de los dos pudiera decir nada, se volvió hacia el porche. Pero Audrey había visto su expresión. Era más que sorpresa, era la imagen de un hombre torturado.

Keith se levantó y fue tras él. Audrey cerró los ojos y rezó para que hablasen. Pero no podía hacer nada, no podía involucrarse en algo que desconocía.

Después de unos minutos, Keith entró de nuevo en la cocina con las manos en los bolsillos del pantalón y la cabeza baja.

–¿Quieres una galleta?

–No, gracias –contestó él, mirando por la ventana–. ¿Podrías convencerlo para que hable conmigo, Audrey?

–Sería mejor que se lo pidieras a Helen o a John.

Keith se volvió.

–Helen me ha dicho que Mark confía en ti.

–No, yo... sólo soy la cocinera.

–Eso no es lo que dice Helen. ¿Podrías intentarlo, por favor? –le imploró Keith.

¿Cómo iba a decirle que no?

Encontró a Mark en el establo, ensillando al poni. Por un momento, pensó dejarle solo, pero no podía ser. Le había prometido a Keith que lo intentaría. Aunque tendría que ser sutil...

–¿Por qué no quieres hablar con tu hermano?

Muy bien, lo de ser sutil no era lo suyo.

Mark se volvió, furioso.

–No es asunto tuyo –le espetó, sin dejar de ensillar al animal.

–Lo sé, pero es tu hermano y quiere hablar contigo. Todo el mundo merece una oportunidad, Mark. Si quiere disculparse...

–Déjalo, Audrey. No sabes de qué estás hablando.

Ella levantó la barbilla, exasperada.

–No creo. Para mí, la familia es muy importante. Hiciera lo que hiciera, sólo era un niño y quiere que lo solucionéis...

–¡Él no me hizo nada! Soy yo el que le traicionó. Le dejé solo... ¡Maldita sea! ¿Por qué no te metes en tus asuntos? –exclamó Mark, pasando a su lado.

Por la tarde, Mark estaba intentando sacar a una vaca que se había resbalado por un terraplén cuando Keith llegó montado en Shadow, otro de los caballos del rancho.

Mark tiró el lazo para enganchar a la vaca del cuello y ató el otro cabo a la silla de Lone Star. Echándose el sombrero hacia atrás, tiró de las riendas... La cuerda se estiró, pero el pobre animal resbalaba en el barro.

Keith bajó del caballo y se deslizó por el terraplén para empujar a la vaca. Sin las gafas y con aquella sonrisa en los labios, parecía el niño que había sido.

–¡Sal de ahí, Keith! –Mark desmontó y empujó a su hermano–. Podría matarte de una coz.

–¿Y a ti qué te importa? –le espetó Keith, empujándolo a su vez.

Mark acabó sentado en el barro, atónito. ¿Pensaba que no le importaba? Toda su infancia pasó por su cabeza de repente, todo la angustia... Sin pensar, se lanzó hacia su hermano y lo tiró al suelo con él. El dolor que sentía le daba fuerzas.

–Siempre me has importado.

Keith lo agarró por el cuello de la camisa.

–Yo estoy bien, Mark. Se ha terminado.

Mark miró los solemnes ojos de su hermano. No podía creer que aquel hombre seguro de sí mismo fuera su hermano pequeño, el niño al que había abandonado. Era como si le hubieran quitado un enorme peso de encima. Su hermano estaba bien. Había sobrevivido... mejor que él. Mark quería decirle algo, pero no sabía qué.

Keith se levantó y le ofreció su mano, pero Mark vaciló. Había intentado olvidar esa parte de su vida, sin admitir jamás que lo echaba de menos. Nervioso, se aclaró la garganta. Quería rechazar la mano que le ofrecía, no la necesitaba.

Pero quizá su hermano sí, pensó. De modo que la apretó.

Keith se miró a sí mismo, cubierto de barro, y soltó una carcajada.

Mark intentó sonreír, pero no podía hacerlo.

–Has sido el mejor de los vaqueros –dijo su hermano entonces.

Mark se dirigió hacia su caballo. Le sorprendía que esa mención a su vida pasada no le doliera.

–Vamos a sacar a esta vaca de una vez. Estoy muerto de hambre y a lo mejor queda pollo de anoche.

Keith levantó una ceja.

–¿Lo ha hecho Audrey?

–Sí.

–¿Sabes si sale con alguien?

Mark se giró para fulminar a su hermano con la mirada.

–Está conmigo. Búscate otra.

–Ah, qué interesante –sonrió Keith.

Él parpadeó un par de veces. Y luego tuvo que sonreír.

–¿Qué estudias, sicología?

Después de cenar, Audrey se disponía a hacer la colada.

Pero antes, cansada de la presión emocional de los últimos días, se sirvió un café y salió al porche para ver la puesta de sol. Con Devon en casa de Helen y John, estaba sola.

Keith volvería a Denton esa misma noche.

Por la tarde, cuando entró en la cocina, Audrey había visto a Mark dándole una palmadita a su hermano en la espalda. Keith sonreía de oreja a oreja. Aparentemente, habían hecho las paces.

Ojalá fuera tan fácil para ella, pensó Audrey. También ella se marcharía en unos días. Y ese pensamiento hacía que se le encogiera el corazón. Quería confesar y echarse en los brazos de Mark, pero sabía que no sería tan fácil. Si había tardado once años en perdonar a su hermano...

¿Por qué habrían dejado de hablarse?, se preguntó. ¿Y por qué le habría contado que sus padres habían muerto si no era verdad? Ya le daba igual el artículo, quería saberlo porque le importaba.

Keith apareció en el porche entonces.

–Me han dicho que juegas muy bien al póquer.

–¿Quién te lo ha dicho? –exclamó Audrey, atragantándose.

–¿Te importa si me siento a tu lado?

–No, claro que no.

–Mark me ha dicho que le distrajiste con... bueno, que tenías una ventaja injusta –dijo él entonces, poniéndose colorado.

Audrey se mordió los labios. Debían haber hablado largo rato sobre el asunto. Pero, al final, le dio la risa.

–No ayudó nada que él estuviera borracho.

Además, volvería a ganarle en cualquier situación.

Keith se quitó las gafas y sacó un pañuelo perfectamente planchado del bolsillo para limpiarlas.

–No tienes que justificarte conmigo. Cualquiera que haya conseguido hacer que Mark deje de beber se merece una medalla... o, al menos, un beso –dijo entonces, inclinándose para darle un beso en la mejilla.

Audrey sonrió. Ojalá tuviera un hermano como él. Si supiera cómo los estaba engañando a todos...

–Vaya, qué escena tan romántica –oyeron la voz de Mark desde la puerta.

# *Capítulo Once*

Audrey se quedó helada, pero Keith se levantó mientras se ponía las gafas. O no se daba cuenta de que su hermano estaba enfadado o le daba completamente igual.

–Será mejor que me vaya. Hoy he hecho novillos.

–Primero Dalt, luego Pete... ¿y ahora tú? –dijo Mark, con desdén.

–¿Qué quieres decir con eso? –exclamó Audrey–. ¿Estás insinuando que...?

–Sólo me estaba despidiendo de Audrey, idiota –la interrumpió Keith–. Además, que yo sepa no lleva una alianza en el dedo.

–¡Una alianza no detuvo a mamá!

Keith sacudió la cabeza.

–Audrey no es como mamá –suspiró–. Te ha dado fuerte, ¿eh? Estás celoso y me alegro por ti, pero yo tengo novia –añadió, mirando el reloj–. Y si no me marcho a Denton ahora mismo, no podré verla esta noche.

Mark se relajó por fin.

–¿Tienes novia? ¿Por qué no me lo habías dicho?

–Porque no me has dado oportunidad.

–¿Vas en serio con ella?

–Y tan en serio, pienso casarme. ¿Por qué no vas a Denton un día de estos y te la presento? –sonrió Keith, volviéndose para abrazar a Audrey–. Encantado de conocerte. Y espero que volvamos a vernos.

Luego le pasó un brazo por los hombros a su hermano y se lo llevó dentro.

–Deberías haberte visto la cara –oyó que decía en la cocina–. Las mujeres le vuelven loco a uno, ¿eh?

Mark se despidió de Keith, diciéndose a sí mismo que era un idiota. Cuando lo vio besando a Audrey se enfureció. Habría querido echarlo de allí a patadas... ¿tendría razón? ¿Estaría celoso? Él nunca había sido posesivo con una mujer.

Audrey no estaba en la cocina ni en el cuarto de estar cuando volvió a la casa y todas las luces estaban apagadas. Seguramente se habría ido a la cama, pensó. Audrey en la cama, desnuda bajo las sábanas... La imagen hizo que se excitara de inmediato.

Subir las escaleras era una tortura para su pierna. Le dolía más por las noches. Pero aquello no podía esperar hasta el día siguiente. No podría dormir recordando la desolación que había visto en sus ojos.

De modo que llamó a la puerta de su habitación.

No hubo respuesta.

Volvió a llamar con más fuerza.

Tampoco hubo respuesta.

–Audrey, ¿podemos hablar un momento?

–¡Vete! –gritó ella, desde el otro lado.

–Tenemos que hablar.

–Vete, no quiero hablar contigo.

–Si no abres la puerta ahora mismo, la tiro de una patada.

La puerta se abrió de inmediato y Audrey asomó la cabeza, enfadada.

–¿Qué quieres?

Mark se quedó sin habla.

Acababa de cepillarse el pelo, que caía en ondas sobre sus hombros, como un halo dorado. Verla con aquel camisón de algodón blanco hizo que sintiera un cosquilleo en el estómago. Y no era una úlcera. El camisón se abrochaba de arriba abajo con botoncitos y tenía un modesto escote redondo, pero como había cruzado los brazos, sus pechos se marcaban claramente bajo la tela.

Y él tuvo que tragar saliva.

–Dime, estoy escuchando.

Mark no recordaba lo que quería decirle. «Piensa, Malone, piensa».

–Pues... siento lo que he dicho antes.

–No acepto la disculpa –dijo ella, intentando darle con la puerta en las narices.

Pero él la detuvo con la mano.

–Audrey, tienes que escucharme. Sé que me he portado como un imbécil, pero...

–Me alegro de que estemos de acuerdo en algo. ¡Y ahora, márchate!

Lo único que Mark podía ver era la sombra oscura de sus pezones a través de la tela del camisón.

No podía pensar. Con esas armas a su disposición, lo mejor sería reconocer la derrota. Podría soportar toda una vida de derrotas si ella se ponía ese camisón cada vez que discutían.

Un momento. ¿Una vida entera?

Mark, de nuevo, se quedó sin palabras. Sólo quería besarla, acariciarla. Dio un paso adelante y le pasó un brazo por la cintura.

Audrey deseó no haber abierto nunca la maldita puerta.

–Keith tenía razón. Me he comportado como un estúpido.

–Aunque hubieras tenido razón, no sería asunto tuyo.

–Pero no era verdad, ¿no?

–Quizá sí, quizá no –contestó ella, intentando apartarse.

–¡Dime que no es verdad, dime que tú no eres así!

–No me acuesto con nadie –dijo Audrey, asustada–. No sé por qué piensas eso.

–Las mujeres no son siempre de fiar –murmuró Mark.

–No puedes colocar a todas las mujeres en la misma categoría. ¿Puedes imaginar a Helen engañando a John?

–Ella es la excepción –contestó él–. Y tú. Pero la mayoría de las mujeres no son así. Mi madre no habría podido quedarse con un solo hombre aunque estuviera pegada a él con pegamento.

La amargura en su tono la sorprendió.

–¿Tu madre engañaba a tu padre? ¿Por eso me dijiste que tus padres habían muerto? ¿Están divorciados?

Él no contestó, pero su expresión era extraña, ausente.

–No lo sé, pero... para mí están muertos.

¿Cómo podía no saberlo? ¿Qué había pasado en su familia? Pero Mark no contestó; se limitó a inclinar la cabeza para buscar sus labios.

–Deja que me quede esta noche, Audrey.

Ella vaciló. «No te quiere. Tienes que dejar de torturarte a ti misma. Vete a casa y olvídalo».

Pero, ¿y las noches que pasaría en su casa, soñando con él, anhelando estar en sus brazos?

¿Cuántas noches solitarias lamentaría no haber hecho el amor con Mark Malone? Su cobardía la perseguiría para siempre. Tenía que arriesgarse.

–De acuerdo.

Él levantó su cara con un dedo.

–¿Estás segura?

–Sí.

Sus ojos se oscurecieron mientras la apretaba con fuerza contra su pecho.

–Bésame, Audrey.

Ella enredó los brazos alrededor de su cuello, cautiva de su mirada. El deseo la envolvía tan poderosamente que olvidó todo lo demás.

Con una mano bajo su pelo, Mark acarició suavemente su nuca mientras inclinaba la cabeza para buscar sus labios.

–Me encanta cómo hueles –murmuró luego, enterrando la cara entre sus pechos.

Sus pezones se endurecieron con la caricia, la boca del hombre dejando zonas húmedas sobre la tela.

–Quiero verte desnuda, Audrey.

Antes de que ella se diera cuenta de lo que hacía, él empezó a tirar hacia arriba del camisón.

–¡No! –Audrey se apartó.

–¿Qué pasa? ¿Quieres que me vaya?

–¡No! Es que yo... me da vergüenza que me veas...

–¿Por qué?

–Porque no soy delgada.

–Eres perfecta –dijo Mark, besándola en el cuello.

Luego, se apartó para quitarse las botas y desabrochar su camisa.

Y esperó.

Audrey se emocionó al percatarse de que era suyo. Aunque sólo fuera por una noche, aquel hombre magnífico era suyo. Acercó los temblorosos dedos a su torso para acariciar el suave vello oscuro. Tenía una cicatriz vertical en la clavícula y otra bajo el pezón derecho. Cuando se inclinó para besarlas, él sintió un escalofrío.

–Te toca a ti.

Era tan hermoso. No tenía ni un gramo de grasa. ¿Cómo iba a quitarse el camisón? Como a cámara lenta, Audrey se obligó a sí misma...

Pero se detuvo en el quinto botón, avergonzada.

Mark separó la tela para admirar sus pechos desnudos. Luego los tocó, rozando los pezones con los pulgares.

–Eres tan preciosa –murmuró.

Al sentir el roce de su lengua, un incendio se despertó entre las piernas de Audrey, tan intenso que era doloroso.

Se le doblaban las rodillas pero, afortunadamente, Mark la tomó en brazos para llevarla a la cama. Tumbado a su lado, la abrazó, apretándose contra sus pechos. Luego tomó su mano y la llevó hasta la cremallera de su pantalón.

–Tócame. Siente lo que me haces.

Vacilando, Audrey pasó la mano por el bulto bajo la tela del vaquero. Miraba la marcada forma del miembro, atónita. Como él no la detuvo, empezó a explorar por su cuenta, apretando la punta.

–Espera, espera –murmuró Mark, colocándola encima. Audrey se puso tensa cuando colocó una rodilla entre sus piernas–. No pasa nada –le dijo, metiendo la mano por debajo del camisón.

Audrey empezó a agitarse, apretándose contra aquella mano grande, buscando algo que no sabría cómo describir.

Él siguió besándola, enredando su lengua con la suya. Sus dedos parecían saber exactamente lo que ella quería.

–¡Mark!

Mark se apretó contra ella, intentando ser paciente. El placer de una mujer era generalmente una cuestión de orgullo masculino, pero con Audrey, el placer de ella aumentaba el suyo propio. Disfrutaba viendo su desinhibida respuesta ante sus caricias, cómo arqueaba la espalda y se apretaba contra él.

–Es... maravilloso. Te quiero dentro. Mark, por favor.

–Sí, sí. No puedo ir despacio.

–No pasa nada –sonrió Audrey.

Mark recordó entonces: ¡su pierna! No podía quitarse los vaqueros sin hacer unas torpes maniobras. Además, ver esa grotesca masa de cicatrices la haría salir corriendo.

Frustrado, se bajó los pantalones hasta las rodillas y la penetró sin miramientos.

Audrey dejó escapar un grito de dolor.

Él se quedó quieto. ¿Era su primera vez? ¿Por qué no se lo había dicho? Ninguna mujer de su edad seguía siendo virgen.

Menos Audrey.

Intentando controlarse, Mark apartó el flequillo de su frente.

–Lo siento. ¿Te he hecho daño?

–Estoy bien –contestó ella, besando su cara, su cuello, el lóbulo de su oreja.

Mark se apartó y empujó de nuevo, una y otra vez. Era tan estrecha que eso incrementaba el placer, amenazando con hacerle perder el control. Intentó contenerse, pero tuvo que apretar los dientes mientras un grito estrangulado de placer escapaba de su garganta.

Jadeando, cayó sobre Audrey, enterrando la cara en su cuello. Sabía que debía moverse, pero no podía hacerlo. Quería quedarse dentro de ella un poco más.

Saciado, se apartó un poco y cerró los ojos.

–Te quiero –la oyó decir, antes de quedarse dormido.

Audrey se quedó despierta, abrazando a Mark y recordando cada segundo de aquel encuentro. Con una mano acariciaba su pelo y con la otra su espalda.

Ni sus fantasías más románticas podían compararse con lo que había pasado.

Recordaba el sabor de sus labios, el olor de su piel, su espalda cubierta de sudor, la lengua rozando sus pezones. Le encantó sentirse poseída por él, tenerlo dentro, ver las venas de su cuello hinchadas mientras empujaba una y otra vez.

Mark roncaba suavemente, sin soltarla. Audrey sonrió al ver que seguía teniendo los vaqueros por las rodillas. Quizá debería despertarlo para que se los quitara. Pero estaba tan cansada... cerró los ojos y, poco a poco, también se quedó dormida.

La despertó un movimiento a los pies de la cama. ¿Había dejado la lámpara encendida? Pero entonces una mano abrió sus piernas.

–¿Qué haces?

–Calla, relájate –Mark empezó a besar el interior de sus muslos–. Deberías haberme dicho que era la primera vez, cariño –añadió, acariciando los rizos entre sus piernas–. Rubia de verdad, ¿eh?

Se había quitado la ropa. Completamente desnudo, tiró hacia arriba de su camisón a pesar de sus protestas.

Audrey cruzó los brazos intentando taparse.

–Aparta los brazos –dijo Mark, tirando de sus muñecas.

Ella cerró los ojos y contuvo el aliento. Si le decía que estaba gorda, se moriría.

Unos segundos después, abría los ojos al sentir el roce de su cara en el estómago.

–¿Qué haces?

–Tu barriguita me pone, cariño. Audrey, mírame.

–No.

–Eres preciosa.

Ella estaba mirando al techo.

–No es verdad.

–¿Por qué no quieres darte cuenta de lo preciosa que eres?

–¿Preciosa? Mis hermanas son preciosas. Yo no. Teniendo que compararme con Claire y Miranda, aprendí enseguida que lo importante de mí era mi personalidad, no mi aspecto físico.

Mark acarició su pelo.

–Tú eres una chica preciosa. Tus ojos me recuerdan a las praderas en primavera. Y tienes unos labios muy seductores –sonrió, acariciando sus pechos–. Y eres blandita y suave... nada huesuda, como las modelos anoréxicas.

Nadie le había dicho esas cosas. Audrey deseaba tanto creerlo que casi estaba convencida de que era verdad. Incapaz de contenerse, le dijo que le quería cuando comprobó que estaba dormido. Pero, esta vez, el deseo de decirle que lo amaba era tan fuerte que le dolía. Podía imaginar la expresión de compasión o peor, de burla en su cara si se lo dijera. No, era menos arriesgado mostrarle su amor.

Pero quería explorar su cuerpo, así que lo empujó.

–¿Qué haces?

–Date la vuelta. Ahora me toca a mí besarte por todas partes.

Entonces ocurrió. Mark sonrió, como lo había visto sonreír aquella noche, tantos años atrás. Por un momento, Audrey se quedó sin respiración.

Sin dejar de sonreír, él se tumbó, con las manos bajo la nunca.

–Bésame, cariño.

Audrey se puso de rodillas sobre la cama, olvidando su desnudez, y empezó a besarle en los labios. Luego siguió con los párpados y la punta de la nariz. Siguió hacia abajo, hasta su estómago plano, metiendo juguetonamente la lengua en su ombligo, deslizándose hasta sus muslos...

Entonces Mark tomó su mano y la llevó hasta su rígido miembro.

Ella miró su cara, temiendo haberle hecho daño en la pierna, pero él sonreía, apretando sus dedos. Cautivada, lo envolvió en su mano. Nunca había sentido nada así, tan suave, tan aterciopelado y tan sólido a la vez. Besó la punta antes de que Mark emitiese un grito estrangulado y la tumbase en la cama.

–¡No puedo más, Audrey! Te necesito, cariño. A ver si esta vez puedo aguantar un poco más.

Audrey sintió la presión creciendo dentro de ella con cada embestida. La presión se intensificaba hasta que el movimiento de vaivén la envió al precipicio.

Mark la miraba con orgullo masculino, sin dejar de mover las caderas. Escondiendo la cara en su cuello, susurró su nombre ante de relajarse, exhalando un largo suspiro.

Ella esperó hasta que lo creyó dormido para decirle que le quería. Una lágrima cayó sobre su frente.

–¿Te he hecho daño?

Audrey sonrió.

–No. Es que... me has sonreído.

Él sacudió la cabeza, sorprendido.

–Lo dices como si fuera un milagro. ¿Que yo sonría te hace llorar?

–Da igual, déjalo –suspiró Audrey.

Mark apoyó la cabeza en su pecho y se quedó dormido.

# *Capítulo Doce*

El sol estaba asomando por el horizonte cuando Audrey abrió los ojos. Sabía que debería levantarse, darse una ducha y hacer el desayuno. Pero no estaba lista para volver a la realidad. Quería que su sueño durase uno minutos más, repasar cada detalle de aquella noche.

Despertar en los brazos de Mark, oyendo los latidos de su corazón, tocando su piel desnuda, era una delicia. Recordaría esa noche para siempre. Y la preciosa sonrisa de Mark.

Él levantó la cabeza para darle un beso en el pelo.

–No había dormido tan bien desde que dejé de beber.

«Supongo que eso es muy romántico».

–Ojalá no tuviera que levantarme. Me encanta tenerte en mis brazos, cariño –añadió luego, besándola.

«Esto sí es romántico», pensó Audrey.

El beso, el roce de su barba, intensificaban el dolor de las tristes mañanas que la esperaban.

–Te deseo –susurró Mark.

–Pero es que tengo que hacer el desayuno –sonrió Audrey, enredando las piernas alrededor de su cintura. Le dolía todo, hasta músculos que no creía poseer, pero eso no la detendría.

Emitiendo un gruñido, Mark se colocó en posición.

Le encantaba despertar con ella a su lado, sentir sus pechos apretados contra su hombro. Podría pasarse todo el día en sus brazos...

–Mark, ¿te duele la pierna?

Él se detuvo. ¿Por qué le preguntaba eso? ¿Sentía pena por un pobre tullido? ¿Quería ver la pierna de un mutilado? No, Audrey no era así.

–No tienes que hablar de ello si no quieres.

–Sí, bueno... la verdad es que tienes razón, es muy tarde y tengo tareas que hacer –Mark se negaba a mirarla mientras saltaba de la cama. Se había olvidado de la pierna mientras le hacía el amor. Sólo quería saborearla, besarla, darle placer, sentir su piel. ¿Qué le pasaba?

Localizó la camisa y los pantalones y se los puso a toda velocidad. Pero cuando llegó a la puerta, el silencio de Audrey le golpeó como una bofetada.

Estaba tan guapa con el pelo sobre los hombros, el embozo de la sábana perfilando sus magníficos pechos. Esperaba que estuviera enfadada, indignada, pero lo que vio en sus ojos era dolor y vergüenza.

¿Qué podía decirle? «No quiero tu compasión». No quería hablar de ello.

–Yo... se ha hecho tarde. Tenemos muchas cosas que hacer.

–Sí, es verdad –dijo ella, señalando la puerta con la mano.

¿Le estaba echando?

No, Mark sabía que intentaba salvar su orgullo. Y era lógico. No quería marcharse así, pero no sabía qué decir. Aquello había empezado como un deseo físico, una atracción mutua, pero... Audrey había dicho que le quería.

–Tengo que ducharme antes de desayunar.

–Audrey, escucha. Lo de anoche fue precioso y... –Mark la tomó por los hombros y la besó apasionadamente–. Nos vemos por la tarde.

Cuando se volvió, ella lo miraba con expresión confusa.

Le dolió la pierna durante todo el día. Conducir el tractor no ayudaba nada pero, como cuando montaba a Lone Star, tenía que probar algo. Y no era la pierna lo único que le dolía.

Después de cenar aclararía las cosas con Audrey. No podía concentrarse en el trabajo. Pensar en ella aceleraba su corazón. Nunca una mujer había llenado sus pensamientos tan completamente.

Mark sonrió al recordar su confesión.

Además, ella misma había dicho que no tenían que hablar de la pierna y no lo harían. Qué demonios, la llevaría a su habitación y estarían demasiado ocupados como para pensar en nada más.

Deseaba tanto estar con ella... no sabía cómo o cuándo se había vuelto tan importante para él. Era una testaruda y se metía en todo, pero le gustaba así. Mark sonrió al recordar cómo había tirado su cerveza por el lavabo. ¡Y él había sido su primer amante! Debería sentirse culpable, pero no era así. Le gustaba que no se hubiera acostado con ningún otro hombre.

Aún.

La idea de que Audrey estuviera con otro hombre lo ponía enfermo. Pero era inevitable. Algún día, quizá muy pronto, encontraría otro.

Si alguien le hubiera dicho unas semanas antes que querría algo más que pasar un buen rato con una mujer, habría pensado que estaba loco. Pero, ahora, era lo que más deseaba. Quería alguien que lo amase, que quisiera estar a su lado.

Audrey no podía amar a Mark Malone. Amaba al Vaquero Solitario. La leyenda, el héroe. Pero él podía disfrutar mientras durase.

–¡Mark, cuidado! –gritó Jim desde su caballo.

Mark frenó el tractor y se pasó un pañuelo por la frente.

–Perdona, no te había visto.

–Parecías en otro mundo. ¿Sigues preocupado por la sequía?

–Sí –contestó él. ¿Qué podía decir?: «No, estaba soñando con los pechos de Audrey».

–¿Quieres que termine yo?

–No. Nos vemos a la hora de la cena.

–Ayer conocí a tu hermano, por cierto. Es muy simpático –dijo Jim, antes de alejarse.

Mark se quedó pensativo. Su hermano. ¿Fue el día anterior cuando habló con su hermano, cuando hizo el amor con Audrey? Tenía la impresión de que había pasado una eternidad.

¿Qué hacía, pensando en aquella chica como

un crío?, se preguntó, enfadado consigo mismo. El sol debía estar afectándole. Volvió a arrancar el tractor e intentó concentrarse en el trabajo.

Con Devon en el zoo, Audrey hizo las tareas sin dejar de pensar en Mark.

«No vas a llorar, Audrey Tyson. Ya sabías lo que iba a pasar cuando tomaste tu decisión. Querías vivir la experiencia, ¿recuerdas?».

Hacer el amor con Mark había valido la pena. Además, lo había hecho sonreír.

No, nunca lamentaría lo que pasó. Sabía desde el principio que sólo era algo físico para él. Seguramente, Mark Malone hacía que todas las mujeres se sintieran especiales.

Pero, ¿por qué era tan sensible con el tema de su pierna? Evidentemente, ése era un tema tabú. Pero después de estar tan cerca, quería saberlo todo sobre él: su pasado, su infancia, sus sueños.

¿Qué había dicho el día anterior? Que había abandonado a Keith. ¿Por qué? ¿Y su madre? Evidentemente, Mark no quería hablar del tema.

Ésa era la parte dolorosa: saber que nunca confiaría en ella. Los amantes no sólo compartían la cama, también compartían secretos, confesiones. Pero cada vez que le hacía una pregunta sobre su vida, él cambiaba de tema.

Audrey estaba apoyada en la nevera, sacando una lechuga para la ensalada, cuando oyó pasos tras ella. Apenas tuvo tiempo de volverse cuando un brazo masculino la atrapó por la cintura.

Pero no era el brazo de Mark.

Pete la aplastó contra su pecho.

–¡Le demostraré a ese maldito tullido que a mí no puede asustarme! –su aliento fétido ofendía a Audrey, pero no podía apartarse. Estaba arrinconada contra la pared y la puerta de la nevera la separaba de los cuchillos.

–Suéltame, Pete –dijo, intentando razonar.

–He estado soñando con verte desnuda desde que te conocí.

Ella apartó la cara para que no pudiera besarla.

–No puedo respirar, por favor...

–Muy bien.

En cuanto la soltó, Audrey le dio un tremendo empujón que lo lanzó sobre la mesa.

–¡Bruja! –gritó Pete, agarrándola del brazo. Audrey le daba patadas, pero él era muy fuerte y no parecía afectarle–. No luches contra mí, cariño. No puedes ganar.

Mark seguía sonriendo mientras metía el tractor en el garaje.

–Me alegro de que hayas solucionado tus problemas con Keith –dijo John a modo de saludo.

–Yo también. Oye, ¿sabes que va a casarse? No puedo creer que mi hermano pequeño sea tan tonto como para caer en la trampa –sonrió Mark–. Sin ofender a nadie.

–Casarme con Helen fue lo mejor que he hecho en mi vida –sonrió John.

–Ya, bueno. Espero que Keith sepa dónde se mete.

–¿Y tú? ¿Nunca has pensado tomar al toro por los cuernos?

–¿Yo? No, de eso nada.

John dejó escapar un suspiro.

–Bueno, yo voy a cenar con mi mujer. Hasta mañana.

Y él iba a cenar con Audrey.

Después de lavarse un poco en la casa de los peones, Mark se dirigió a la cocina, intentando contener la emoción, diciéndose a así mismo que aquello sólo era algo temporal...

Pero cuando entró en la casa, se le paró el corazón.

Pete tenía a Audrey acorralada contra la pared y ella intentaba apartarse, dándole patadas, muerta de miedo.

La furia le hizo ver todo rojo. Mark apartó al gorila de un empellón y lanzó el puño hacia su cara.

Pete cayó al suelo como un guiñapo.

–¡Levántate, canalla!

–Me lo estaba pidiendo a gritos...

Mark tuvo que apretar los puños para no liarse a golpes con él.

–Te doy treinta segundos para que salgas de aquí. Y si vuelves a poner los pies en mi rancho lo vas a lamentar.

Pete salió de la cocina limpiándose la sangre de la nariz.

–¿Te ha hecho daño, cielo? –murmuró cuando Audrey se echó en sus brazos.

–No –contestó ella, sin poder evitar las lágrimas.

Estaba temblando. Debería haber matado a ese canalla.

–Lo siento, cariño. Pensé que no volvería por aquí. Voy a llamar al comisario Townsend.

–¡No me sueltes!

A pesar de la rabia que sentía, Mark tuvo que sonreír.

–No te soltaré.

Le gustaba esa sensación. Le gustaba ser el protector, el amante. Era suya y haría lo que fuera por ella.

–¿Seguro que estás bien?

–Sí.

–¿Dónde está Devon?

–En casa de Helen. Supongo que vendrá enseguida.

–Pete no volverá a molestarte otra vez, te lo prometo –dijo Mark entonces.

–Estoy bien, ya se me ha pasado.

Pero no podía apartarse de él. Estaba realmente asustada. Nunca la habían atacado y era tan violento, tan horrible. Si Mark no hubiese aparecido...

De nuevo, Mark Malone había tenido que rescatarla. Y ella lo amaba tanto que haría el amor con él allí mismo, sobre la mesa de la cocina, si Helen no estuviera a punto de llegar con Devon.

¿Qué estaba pensando? Debía calmarse, se dijo. Una noche era el recuerdo que se llevaría de él. Una sola noche. Más que eso, sería un error. Mark se cansaría de ella o descubriría quién era.

–¿Quieres cenar? –preguntó, apartándose.

–Sí, estoy muerto de hambre –contestó él, con una sonrisa en los labios. Eso la paralizó. No estaba acostumbrada a verlo sonreír–. Te he deseado todo el día, cariño –dijo Mark entonces, tomándola por la cintura.

–No, por favor.

–¿Por qué?

Audrey se armó de valor.

–Siéntate. Tengo que hablar contigo.

El sonido de unas botas en el porche interrumpió la conversación. Audrey se sintió aliviada, pero Mark soltó una palabrota en voz baja.

–Esto no ha terminado.

Después de cenar, Mark decidió que ya estaba harto. Audrey actuaba como si fuera otra persona. ¿Tanto la habría asustado Pete? Tenía que saber qué el nunca la obligaría a nada.

Entró en la cocina y tomó un paño. Cuanto antes terminasen con los platos, antes podrían hablar.

Pero mientras secaba la última cacerola, Audrey intentó salir de la cocina.

–No tan rápido. Quiero que me digas lo que ibas a decirme antes.

–Devon está esperando para que le arrope...

–He subido hace un rato y ya estaba dormido. ¿Qué pasa, Audrey? ¿Por qué no quieres que te toque?

–Me voy dentro de dos días. Es mejor olvidarlo...

–¿Olvidarlo?

Mark estaba decidido a convencerla. Después de dormir en sus brazos, su cama le parecería muy solitaria sin ella. Era cierto lo que le dijo por la mañana, no había dormido tan bien desde que dejó de beber. Quizá nunca había dormido tan bien. Y estaba seguro de que también ella había disfrutado. Entonces, ¿cuál era el problema?

–¿Quieres que olvide lo que siento cuando estoy contigo? ¿Vas a olvidar tú cómo te hago temblar? Porque yo no puedo olvidarlo, Audrey. Vamos a la cama de una vez y deja de darle vueltas a las cosas –murmuró, abrazándola.

Audrey sucumbió a sus caricias. En lugar de apartarlo, enredó los brazos alrededor de su cuello. Pero cuando Mark empezó a acariciar sus pechos, volvió a poner los pies en el suelo. Si pudiera resistir un día más...

–No puedo, Mark. Buenas noches.

–¿A qué estás jugando? –exclamó él, tomando su mano.

–Esto ha sido un error. Yo no soy quien crees que soy –suspiró ella, agotada.

–¿Qué quieres decir?

¿Cómo iba a contarle la verdad después de lo que había pasado la noche anterior? ¿Qué pensaría de ella? Audrey perdió el valor.

–Da igual.

–¿Cómo que da igual? ¿De qué demonios estás hablando?

–Mark, no puedo tener una aventura contigo. Yo querría algo más... querría un hogar, unos hijos. Y tú no quieres eso, ¿verdad?

–¡Hijos! ¡No, de eso nada!

Audrey apretó los dientes. ¿Por qué iba a querer algo más con ella cuando podía tener a las mujeres más guapas de Texas? Seguramente, ya las había tenido. El rechazo era tan intolerable que subió las escaleras de dos en dos.

Y aquella vez, Mark no intentó retenerla.

# *Capítulo Trece*

Audrey estaba apoyaba en el tronco de un roble, observando a Mark y a Devon en el corral. El famoso vaquero enseñaba al niño a montar con infinita paciencia. Ése sería otro de los recuerdos que se llevaría con ella.

–¿Alguien quiere galletas con limonada? –los llamó.

–¡Yo! –gritó Devon.

Desde la noche anterior no había visto a Mark y, seguramente, se sentirían incómodos el uno con el otro. Ella sabía que no la amaba, pero la cruel realidad no podía evitar que se le rompiera el corazón.

Volvió a la casa corriendo, aunque sabía que ellos tardarían un rato porque Devon debía cepillar al poni.

–Un vaquero siempre cuida personalmente de su caballo –le había dicho el niño, repitiendo las palabras de Mark.

Cuando oyó su voz en el porche diciéndole a Devon que se limpiara las botas, tuvo que llevarse una mano al corazón.

–Tía Audrey, ¿me has visto montar? –gritó el niño nada más entrar en la cocina.

Mark se quedó en la puerta, admirando a Audrey, que estaba sirviendo dos vasos de limonada con un mandil de cuadritos verdes.

Las galletas olían de maravilla y ver a Devon tomando una le recordó cuando Keith y él eran niños y su madre los castigaba dejándolos en el porche. Entonces, Helen les daba galletas y leche. Aún recordaba la cara de miedo de Keith cuando su madre gritaba para que entraran en casa.

Le dolía el estómago, pero no tenía ganas de comer. La noche anterior no había podido dormir pensando en Audrey. La imaginaba embarazada, se imaginaba a sí mismo con una niña rubia que lo llamaba «papá». Por primera vez en su vida, se permitió considerar esa posibilidad.

Pero entonces se recordó a sí mismo, con Keith, escondiéndose cuando su madre sacaba el cinturón. Eso lo detuvo. No, él nunca tendría hijos. No se podía confiar en ninguna mujer. Audrey era muy buena con su sobrino, pero sólo porque no vivía con él todos los días.

¿Cómo sería con un hijo, alguien a quien tendría que cuidar cada día? Y, sobre todo, ¿cómo sería él?

«No puedes tener eso, Malone. No puedes arriesgarte».

Esa idea era tan dolorosa que tuvo que apretar los dientes.

¿Qué estaba haciendo? Debería marcharse de allí.

«Se acabó. Deja de torturarte a ti mismo».

Pero no podía mover las piernas. Y no podía dejar de mirar a Audrey.

–Galletas de avena, mis favoritas.

–Lo sé. Me lo dijo Helen.

Devon intentó tomar otra galleta de la bandeja, con tan mala suerte que la tiró al suelo.

–¡Devon! –gritó Audrey. Pero antes de que pudiera tomarlo en brazos, Mark se lo quitó de las manos.

–¡No te atrevas a pegarle! ¡Ha sido un accidente!

Ella lo miró, estupefacta.

Devon estaba llorando, asustado.

–¿Pegarle? Sólo quería apartarlo para que no se cortara.

Mark dejo al niño en el suelo, maldiciéndose a sí mismo por haber hecho el ridículo.

–Yo nunca le haría daño a un niño, Mark –murmuró Audrey, tomando a su sobrino en brazos.

–Lo sé.

No podía decir nada más o su voz lo traicionaría.

Sin mirarla, salió de la cocina dando un portazo.

Mark no volvió esa noche, pero Audrey tenía que encontrarlo y sabía exactamente lo que iba a decirle.

Después de cenar, fue a buscar a Ruth a la casa de los peones.

–¿Sabes dónde puede estar Mark? Se ha marchado.

La chica se encogió de hombros.

–Bueno, en Quitman sólo hay dos bares...

–Ve al Texas Rose primero –la interrumpió Jim.

–¿Os importa quedaros con Devon hasta que vuelva?

–No, claro que no.

Antes de marcharse, Audrey fue a casa de John y Helen pero, naturalmente, Mark no estaba allí. De modo que tomó su sombrero del perchero, subió al coche y se dirigió a Quitman.

No estaba en el Texas Rose, pero encontró su camioneta aparcada frente a Sam's. Dentro del bar sólo había dos hombres mayores.

Y Mark.

Apoyado en la barra, con una copa en la mano. Tenía la cabeza agachada, como si quisiera ahogarse en el alcohol.

Audrey cerró los ojos y respiró profundamente. Mientras se dirigía hacia él, el tiempo pareció detenerse.

–Se te olvidó tu sombrero –dijo, dejando el Stetson negro sobre la barra.

Él levantó la cabeza.

–Vete de aquí.

–¿Por qué?

–No he bebido nada, si eso es lo que te preocupa –dijo Mark, apartando la copa–. Así que ahórrate la charla.

¿Cuánto tiempo habría estado mirando esa

copa? Debía desear un trago con todas sus fuerzas. Pero no había bebido.

–Si no vas a beber, podrías volver a casa conmigo... quiero decir, al rancho.

–Vete de aquí antes de que haga algo que lamentemos los dos. Y será mejor que vuelvas a Dallas.

–Tú nunca me harías daño –consiguió decir Audrey–. Ni a mí ni a ninguna mujer.

–¿Por qué estás tan segura?

–Ven conmigo y te lo diré.

Mark la miró durante largo rato, en silencio.

–Vete, Audrey. Por favor.

–No pienso irme sin ti. Si vienes conmigo, te contaré un secreto.

–¿Qué secreto?

Ella dejó escapar un suspiro mientras se sentaba en un taburete.

–Una vez, hace muchos años, rescataste a una chica con la que se metían unos matones, ¿te acuerdas?

–¿Qué?

–Acababas de ganar un campeonato importante y entrabas en el cajón de Lone Star... Y allí había una chica gordita, acorralada por un grupo de borrachos.

Mark levantó la cabeza.

–¿Eras tú?

–Sí.

Él la miró un momento, sacudiendo la cabeza, y luego salió del bar con cara de angustia.

Los ojos de Audrey se llenaron de lágrimas, pero saltó del taburete dispuesta a seguirlo. Tenía que hacerle entender que él no era el único con un pasado doloroso.

–¿Dónde vas, Mark?

–Al rancho. No pierdas el tiempo conmigo, Audrey. No merece la pena.

Ella podía no tener el pelo rojo de su padre y su hermana menor, pero era tan obstinada como todos los Tyson.

–Quiero hablar contigo.

–No necesito tu compasión –dijo Mark, con los dientes apretados.

Audrey se puso en jarras.

–¿Compasión? Acabo de hablarte del momento más embarazoso de mi vida y tú me has dejado con la palabra en la boca. Intentaba decirte cuánto te admiraba, recordarte lo maravilloso que...

Mark soltó una palabrota.

–No fui yo quien te salvó esa noche.

–¿De qué hablas?

–Era el Vaquero Solitario, no yo. Podría haber hecho cualquier cosa en ese momento. Pero ese no soy yo. Lo he intentado, pero ya no soy ese hombre.

–Yo no estoy enamorada del Vaquero Solitario, estoy enamorada de ti.

–No me conoces, Audrey. No soy tu héroe.

Ella se puso de puntillas para tomar su cara entre las manos.

–Entonces, dime por qué no debería amarte a ti.

–¡Eres muy obstinada! –exclamó Mark, apartándose–. No me entiendes, Audrey. Tú no me conoces.

–Entonces, ayúdame a conocerte.

Él dejó escapar un largo suspiro. Estaba... temblando. Audrey odiaba verlo así, pero permaneció en silencio.

–No recuerdo haber visto a mi padre borracho, así que nadie podía imaginar lo que iba a pasar. Pero, de repente, un día, le dio una paliza a mi madre. Y luego ella empezó a pegarnos a nosotros –empezó a decir Mark–. Y yo me vengué. Tenía diez años cuando decidí que estaba harto. Sabía que mi madre tenía novios porque me llevaba con ella para usarme como coartada, así que le conté a mi padre su pequeño secreto... que él no era el padre de Keith. Le dio tal paliza a mi madre que estuvo en el hospital durante semanas. Fue a la cárcel y nunca más volvimos a saber de él.

Audrey se mordió los labios. Era horrible.

–Mark, eras un niño entonces. Eras demasiado joven como para entender las consecuencias...

–Menudo héroe, ¿eh? ¿Sigues pensando que me quieres?

–Sí, Mark, te quiero –contestó ella, con lágrimas en los ojos.

–No.

–Yo quiero al hombre que nunca le levantaría la mano a una mujer, aunque estuviese borracho. Yo quiero al hombre que tira una buena jugada para no obligar a una chica a que se acueste con él...

–¿Cómo sabías...?

–Yo quiero al hombre que ofrece generosamente su avión para que esa chica vaya a ayudar a su hermana, al hombre que le compra un poni a un niño al que apenas conoce.

Mark la abrazó entonces, con tanta fuerza que casi le hacía daño. Audrey no dijo nada, permaneció así, en silencio, abrazada a él, sintiéndole temblar.

# *Capítulo Catorce*

Lo amaba. Lo había dicho. A él, a Mark Malone. Esa idea lo consumía. Sabía lo peor de su vida y lo amaba de todas formas.

Y había llorado. Ninguna mujer había llorado por él.

Devon se marcharía ese mismo día y Mark quería ir con ellos. Para despedirse del niño y, sobre todo, porque así la tendría para él sólo durante el viaje de vuelta.

¿Cómo no se le había ocurrido antes? Debería haberse tomado el día libre...

Si se daba prisa, aún podría llegar. Nervioso, golpeó los flancos de Lone Star con el talón y se dirigió hacia la casa al galope.

Audrey estaba en el pasillo, rodeada de maletas. Demasiadas para ser sólo las de Devon.

–Cariño, ve a despedirte de Dalt –le dijo en voz baja, mirando a Mark.

No podía irse, no podía dejarlo en aquel momento, pensó Mark. Él quería que se quedara, pero no sólo unos días más. Quería despertar con ella a su lado cada mañana. Quería oírla decir que le quería. Y también quería decirle que la amaba.

¿De dónde había salido eso? ¿La amaba?

«Sí», le dijo una vocecita. Y era cierto.

Entonces sonó el timbre y Audrey salió a abrir.

–¡Señor Burke! ¿Qué hace aquí?

¿Señor Burke? ¿Quién era el señor Burke?

Un hombre con traje de chaqueta apareció en el pasillo.

–Así que ésta es la casa del Vaquero Solitario, ¿eh? Espero que tengas un buen artículo para la revista después de tantas semanas.

La palabra «revista» fue como un puñetazo en el estómago. ¿Audrey era periodista? ¿Lo único que quería de él era un artículo? Qué idiota había sido al pensar que ella era diferente. De repente, no podía ver. Debía ser el sudor, se dijo... desde luego, no podían ser lágrimas.

–Sobre el artículo... –empezó a decir Audrey, nerviosa.

–¡Fuera de aquí! ¡Los dos, ahora mismo! –gritó Mark.

–Mark, no es lo que piensas. Por favor, deja que te explique. Yo... no quería hacerte daño.

–No me has hecho daño, no te preocupes. Los dos hemos conseguido lo que queríamos, ¿no? Y ahora, márchate. No quiero volver a verte.

Audrey no se molestó en volverse para ver si el señor Burke la seguía. Tomó las maletas y salió de la casa, intentando contener los sollozos.

Burke se quedó mirándolo, pero cuando Mark apretó los puños el hombre se puso en movimiento de inmediato.

Que su vida privada apareciese publicada en

una revista era suficiente como para tomar una copa, pensó, dejándose caer en el sillón. Tendría que hablar con su hermano. Y con su madre. Porque en cuanto publicasen el artículo, más reporteros aparecerían por allí.

A su madre le gustaría eso. Ella y Audrey eran iguales; deberían juntarse y comparar notas.

Quizá lo mejor sería vender el rancho después de todo. Irse a otro estado. Pero antes tendría que hacer lo que había jurado no hacer jamás.

Volver a casa.

Danny había vuelto del hospital y tanto él como Claire se alegraron mucho de verla. Pero Audrey no se quedó mucho tiempo. Con la excusa de que estaba agotada, se despidió y fue a su apartamento para llorar a solas.

Aunque sabía que lo suyo con Mark tenía que terminar, había saboreado la fantasía hasta el último momento, pero... No había esperado que Mark supiera lo de la revista de esa forma. Ahora nunca creería que lo amaba de verdad.

A la mañana siguiente, empezó a escribir su columna dando consejos a novios con problemas. Menuda broma. Por primera vez en su vida, había perdido el apetito. Aquélla debía ser la forma más dolorosa de perder peso, se dijo. Durante las semanas siguientes, tuvo que obligarse a sí misma a comer. Ni siquiera le apetecía el chocolate.

Le costaba un trabajo tremendo levantarse de

la cama cada día. Sólo quería quedarse allí, encogida. Había estado muy cerca de un sueño que nunca pensó vivir, pero para conseguirlo había engañado a un hombre que había sido engañado demasiadas veces.

–Venga, Audrey –insistía Miranda–. Vámonos de compras. Necesito un traje nuevo.

Después de dos semanas de llorar y llorar, sus hermanas estaban decididas a hacerla salir de casa.

–Es que no me apetece.

–Estás pálida y tienes ojeras. Venga, vístete y vámonos.

Tres horas después, estaban sentadas en un café.

–Cuéntanos qué ha pasado. ¿Conseguiste el artículo? –le preguntó Claire.

Audrey abrió la boca, pero de ella no salió ningún sonido. ¿Qué podía decir? Se dio cuenta entonces de que nunca había compartido sus problemas con sus hermanas. Estaba acostumbrada a escucharlas porque no quería cargarlas con sus inseguridades. Quizá no se habría metido en aquel lío si hubiera hablado con ellas...

–Venga, Audrey, suéltalo de una vez –insistió Miranda.

–Estamos preocupadas por ti.

–¡Lo he estropeado todo! –exclamó ella, avergonzada.

–¿Por qué? –preguntó Claire–. ¿Te has enamorado del vaquero?

Audrey asintió con la cabeza.

–Es mejor que te hayas librado de él, tonta. Te habría hecho daño, seguro. Deberías publicar el artículo y sacar algo de la historia por lo menos.

–Lo que debería hacer es pedirle disculpas.

–¿Por qué?

–Porque le he engañado.

Eso iba a hacer, pensó entonces: escribir la historia de cómo había engañado a un hombre para conseguir un artículo. ¿No quería el señor Burke una buena historia para el número de julio?

–Audrey, no tienes por qué hacerlo –protestó Miranda–. No tienes por qué humillarte así.

Sus hermanas no la entendían. Aquél no era un patético intento por conseguir la atención de un hombre.

–No voy a hacerlo por él. Lo hago por mí. Estaba tan desesperada por... no sé, por hacer algo importante en la vida, que me convencí a mí misma de que valía todo.

Por primera vez en dos semanas, Audrey sonrió.

–¿Y? –preguntó Claire.

–Voy a hacer lo que debería haber hecho hace mucho tiempo: ser yo misma.

Cuando habló con el señor Burke al día siguiente, él estuvo de acuerdo. Como publicidad, no podría ser mejor idea.

Durante la semana siguiente, Audrey estuvo pegada al ordenador. Pero no conseguía encontrar las palabras adecuadas. Ninguna podía explicar lo que había sentido en el rancho de Mark Malone.

Quizá porque las palabras no eran suficiente. Quizá necesitaba acción.

–¿Has visto la revista *Dallas Today*? –preguntó John, con la revista en la mano.

Mark estaba tomando una sopa fría directamente de la lata mientras miraba las noticias. Eran más de las diez y acababa de dejar de trabajar.

¿Cuántos meses tardaría en olvidar a Audrey? La veía en todas las habitaciones de la casa, en el establo, en el granero. Despertaba a mitad de la noche cubierto de sudor y se quedaba horas recordándola... ¿Cómo podía haber fingido esa pasión? Le había parecido tan real, tan sólida.

Lo que debía hacer era encontrar a otra mujer. Una morena. Quizá así la olvidaría.

–¿Ha publicado el artículo? –preguntó, sin mirar a John.

–¿Por qué no lo lees? –contestó el capataz.

¿Qué había esperado, que no lo publicase?

Mark abrió la revista y buscó el artículo. Lo encontró enseguida, pero el título no era el que esperaba: *Los niños se beneficiarán del error de una periodista novata.*

–¿Qué es esto?

–Léelo –dijo el capataz, con una sonrisa en los labios.

*Esta periodista cometió un terrible error. Para conseguir un reportaje exclusivo de una estrella del rodeo, me hice pasar por su cocinera en el rancho doble M.*

*Pensé que iba a conocer a una leyenda, escribir la historia y marcharme después tranquilamente. Pero Mark Malone es más que un vaquero con un montón de trofeos.*

*Durante dos semanas, tuve el privilegio de conocer al auténtico Vaquero Solitario. Es un hombre generoso, honesto, que ha conseguido superar muchos obstáculos en la vida. Pero le mentí para conseguir lo que quería y lamento haberlo hecho.*

*Como gesto de disculpa, he decidido ayudarle a recaudar dinero para la fundación infantil que ha patrocinado durante tantos años.*

*El próximo sábado tendrá lugar una fiesta de recaudación de fondos y yo, personalmente, estaré en la caseta de los besos. Si quieres aportar tu granito de arena para una noble causa...*

El artículo seguía dando la información del lugar y la hora donde tendría lugar la fiesta.

Mark se quedó en silencio, disgustado consigo mismo porque en lo único que podía pensar era en Audrey besando a todo bicho viviente...

–¿Qué vas a hacer? –preguntó John.

–¡Nada! No voy a permitir que me deje en ridículo otra vez.

–¿Qué? Está intentando disculparse...

–Seguro que espera que aparezca en la fiesta para ver si consigue otro artículo.

–No puedo creer que pienses eso de Audrey.

–¿Por qué no?

–Porque le contó a Helen que no pensaba escribirlo, aunque eso le costara su puesto de trabajo.

Mark se levantó.

–¿Tú sabías quién era?

–No te pongas nervioso. Helen me lo contó el otro día. Pensó que lo mejor era no interferir... Esperaba que, con el tiempo... pero eso ya da igual.

–Entiendo que os engañara a los dos. Con quien estoy enfadado es conmigo mismo por haber creído que una mujer podía querer...

–¿Que podía quererte? ¿No crees que Audrey pueda amarte de verdad?

Mark la recordó diciendo que lo amaba y se le encogió el corazón.

–Puedo pasarme sin esa clase de amor.

–No todas las mujeres son como tu madre, Mark.

Él miró al suelo.

–Puede ser.

–Has sobrevivido a toros, a broncos, a huesos rotos y al alcohol. ¿No crees que podrías soportar el amor de una mujer buena y generosa?

–No creo que esa mujer exista –replico Mark, sarcástico.

# *Capítulo Quince*

La casita al norte de Fort Worth estaba más vieja de lo que Mark recordaba. Keith se había ofrecido a ir con él, pero aquello era algo que debía hacer solo.

Aparcó la camioneta al otro lado de la calle y se quedó allí casi durante una hora, pensando qué iba a hacer, apretando el volante para darse fuerzas antes de hablar con su madre.

Ella abrió la puerta enseguida... como si hubiera estado esperando a alguien. Iba muy maquillada, pero no podía disimular las arrugas que tenía alrededor de la boca, ni las bolsas bajo los ojos que hablaban de una vida dura. Llevaba un pantalón ajustado, unos pendientes de aro y el pelo teñido de rubio platino, como cuando él era pequeño.

Y seguía fumando.

–Si vienes buscando a Dudley, no está aquí –le soltó, quitándose el cigarrillo de la boca.

Mark tragó saliva.

–Hola, mamá.

Ella se inclinó hacia delante para mirarlo mejor y, al ver quién era, sonrió, mostrando unos dientes amarillos.

–Sabía que volverías algún día.

Mark apretó los labios.

–¿Puedo pasar?

–Claro, pasa –dijo su madre, llevándolo a una sucia cocina–. Siéntate y toma una cerveza.

Mark se sentó en una silla de plástico. El olor a cerveza y a tabaco apestaba toda la casa.

–¿Qué es lo que quieres? No irás a cortarme la asignación, ¿verdad? Necesito ese dinero.

–No, seguiré enviándotelo.

–¿Entonces? ¿Keith te ha dicho que vengas a darme la charla?

–En cierto modo...

–Puedes decirle que me deje en paz con sus tonterías sicológicas. Se cree mejor que los demás porque está en la universidad.

Keith le había advertido pero, aun así, Mark la miró sin poder disimular su disgusto.

–Deberías agradecer que alguien se preocupe por ti. ¿Es que no piensas en nadie más que en ti misma?

–¡A mí no me hables así! –gritó ella, saltando de la silla–. ¡Sigo siendo tu madre!

Mark recordó el miedo que había sentido de pequeño cuando le pegaba. Pero ya no tenía miedo, ni siquiera estaba enfadado con ella. Lo que sentía era una profunda compasión. ¿Qué había dicho Audrey? «Qué pena de vida desperdiciada».

Como un relámpago, la verdad lo golpeó entonces. No era culpa suya, Audrey tenía razón. Sólo era un niño al que su madre pegaba hasta que una noche se hartó. A los diez años, no podía haber imaginado las horribles consecuencias de sus actos.

Durante todos aquellos años, había creído que si hubiera sido más inteligente o se hubiera esforzado más, sus padres habrían sido personas normales, los habrían querido a Keith y a él... pero no lo eran.

Había ido por la vida llevando una carga sobre los hombros que no le correspondía. Pero ya no. Ahora era libre y el pasado no importaba.

–Dudley llegará de un momento a otro. Será mejor que te vayas.

–He venido a pedirte un favor. Puede que vengan algunos periodistas preguntando por mí... no quiero que hables con ellos.

–¿Periodistas? No sé. ¿Y si me hacen una oferta que no pueda rechazar?

–¿Cuánto? –preguntó Mark, sacando la cartera.

–Dos mil dólares no estaría mal –contestó su madre, apagando el cigarrillo en un cenicero lleno de colillas.

–Si te ofrecen más, yo doblo la oferta.

–¿Crees que puedes comprar lo que quieras porque eres famoso?

Mark sonrió con tristeza. Había estado equivocado durante tantos años... también lo estaba sobre Audrey.

–Lo que necesito, lo consigo gratis –contestó, levantándose.

Audrey estaba en la caseta de los besos. Iba a tener que besar a mucha gente para recaudar dinero, pero no le importaba. Aunque estaba nerviosa, también se sentía orgullosa de sí misma. Unos meses antes no habría sido capaz de hacer algo así. Estar con Mark podría haberle costado el corazón, pero también la había convertido en una persona más fuerte. Nunca jamás volvería a quedarse a un lado, viendo pasar la vida.

Aunque debía reconocer la ironía de su situación. Aún no se había hecho la prueba, pero sospechaba que estaba embarazada. Si había querido dar un giro de ciento ochenta grados a su vida, el objetivo estaba conseguido.

Aunque a veces sentía miedo, la idea de tener un niño o una niña con los mismos ojos que Mark la emocionaba. ¿Cómo sería tener una vida creciendo dentro de ella?

–¡Toby! Aquí está la chica de la revista –gritó un chico con una gorra visera–. ¿Cuántos besos por un dólar?

Audrey tragó saliva.

–Un beso, un dólar.

–Pues prepárate –rió el chico, limpiándose la boca con la manga de la camisa.

–Un momento –dijo alguien. Audrey levantó la cabeza y vio un sombrero oscuro, unos vaqueros gastados...

¡Mark!

–Yo doy cinco mil dólares por un beso de esta señorita.

–¡Un momento! Tú eres el Vaquero Solitario... ¿me das un autógrafo? ¡Chicos, el Vaquero Solitario!

Miranda y su padre se acercaron al oír el jaleo

y Audrey se sintió como una actriz en una comedia de situación cuando Mark metió la mano en el bolsillo de los vaqueros y sacó un montón de billetes.

–Mi beso. Pero fuera de la caseta, por favor.

Ella arrugó el ceño. ¿Por qué estaba haciendo aquello? Pero daba igual. Salió de la caseta y le echó los brazos al cuello. Mark se apartó, sorprendido. ¿Qué creía, que iba a asustarse?

–¿No querías besarme?

Él la miró un momento, en silencio. Luego, tomó su cara entre las manos y le dio un beso largo, profundo.

Audrey ahogó un grito cuando él la tomó en brazos.

–¿Qué haces?

–Ya has terminado por hoy. Tenías que conseguir cinco mil dólares y ya los has conseguido –contestó Mark.

–¿Quieres soltarme?

–No.

–¿Dónde vamos?

Mark llegó a la puerta del centro de congresos de Dallas y se volvió.

–Sonríe y dile adiós a tu padre, está mirando.

–Pero, ¿dónde vamos?

–¡Hazlo, maldita sea!

Audrey levantó una mano y le dijo adiós a su padre, que miraba la escena, atónito.

Mark la llevó a una limusina que esperaba en la puerta. El chófer arrancó de inmediato, como si tuviera órdenes precisas.

–¿Qué quieres? –preguntó Audrey–. Sé que te

mentí y me he disculpado públicamente. ¿Qué más puedo hacer?

–Ya te lo diré –contestó él.

–¿Cuándo?

Mark dejó escapar un suspiro.

–Muy bien, digamos que aún nos falta una apuesta –contestó, dando un golpecito en el cristal que los separaba del chófer.

El cristal se deslizó sin ruido.

–¿Sí, señor Malone?

–¿Llevamos una baraja en el coche?

–En el cajón de la derecha.

–Gracias.

El cristal volvió a subir, como por arte de magia.

Audrey miraba a Mark, perpleja. ¿Quería jugar a las cartas?

–Una partida. El ganador se lo lleva todo.

Para ella, la baraja era como una serpiente de cascabel a punto de atacar.

–Pero no llevo dinero. ¿Qué apostamos?

–Es una apuesta muy alta, cariño –sonrió Mark.

# *Capítulo Dieciséis*

–No te entiendo –dijo Audrey–. ¿Qué quieres apostar?

Mark habría querido abrazarla, besarla... y lo haría, tarde o temprano.

–Venga, Audrey. Demuestra lo que vales.

–Muy bien, ya veo que tienes un plan –suspiró ella–. ¿Que quieres, que deje mi trabajo? Lo haré, pero es una pena porque soy una buena periodista. ¿Quieres sexo? ¿Para qué? Tú mismo dijiste que ya habías conseguido lo que querías, ¿no?

Él dejó escapar un suspiro.

–Audrey, tú sabes... maldita sea, tú sabes que fue más que eso. Y ahora, la apuesta. Si ganas, te quedas con el doble M.

–¿Con tu rancho? –exclamó ella, atónita–. No puedes hacer eso. Yo no tengo nada de valor.

–El doble M no vale nada si no estás tú.

Era cierto. Si no podía tenerla a su lado, lo vendería.

–¿Yo? Pero si me odias. Te mentí y...

Si ella supiera cuánto la amaba. Pero antes de decírselo tenía que saber si lo quería de verdad.

–Si gano, te consigo a ti. En la limusina, ahora mismo.

–¿Aquí? ¿Y el conductor?

–Él no puede vernos. Es un cristal de espejo.

Audrey respiró profundamente, intentando ordenar sus pensamientos. Todo aquello era tan absurdo.

–Muy bien. Pero no puedo quedarme con tu rancho. Sólo quiero saber que me has perdonado.

–Hecho.

Mark repartió cinco cartas a cada uno. Cuando Audrey tomó las suyas, tuvo que disimular una sonrisa. ¿Las habría preparado?

–¿Quieres otra carta?

–Sí. ¿Y tú?

–Yo también.

Ella tomó la nueva carta. Lo que esperaba: póquer de ases. Era casi imposible que Mark le ganara.

–Bueno, señor Malone. ¿Qué tiene?

Él dejó las cartas sobre el asiento: tres reyes y dos jotas.

Audrey imaginó su cara cuando dejase las suyas sobre el asiento. Seguramente le pediría perdón a regañadientes... pero eso no significaba que la disculpa fuese verdadera.

Sería una victoria pírrica. Ninguna apuesta podría conseguir lo que quería: su amor.

Quizá si perdía y él conseguía su venganza... al menos sería libre para seguir adelante con su vida. ¿Qué era una pequeña humillación comparada con eso? Sabía que Mark no le haría daño. Ella lo amaba, quería que fuese feliz. Si tenía que hacerlo, lo haría.

Una vez tomada la decisión, dejó de preocuparse. Quizá lo mejor sería disfrutar de su último encuentro con él. Un recuerdo más para sus largas noches de soledad.

–Has ganado –murmuró, tirando las cartas por la ventanilla.

Mark tragó saliva. La última vez, se negó a hacer el amor con ella por una apuesta. Pero eso fue antes de que Audrey le dijera que lo amaba...

–¿Por qué me mentiste?

Ella soltó una risita nerviosa.

–Pasé el día de mi veinticinco cumpleaños sola. Ni siquiera tengo un perro y pensé que ser periodista llenaría mi vida, pero... necesito algo más.

–Pero has tirado la toalla por mí. Podrías haber conseguido tu artículo.

–Cuando te conocí, supe que no podría traicionarte. Ni siquiera por mi carrera. No habría podido mirarme al espejo nunca más –suspiró Audrey–. Además, he conseguido el ascenso. Ahora voy a escribir artículos sobre organizaciones no gubernamentales y programas solidarios.

–¿Y sigues necesitando algo más? –pregunto Mark, acariciando su pelo.

–Sí.

–¿Qué necesitas?

–Necesito.. Que me entiendas, que me perdones.

–No vuelvas a mentirme nunca.

–No, nunca.

–Muy bien. Entonces, te perdono.

Audrey le echó los brazos al cuello.

–Gracias.

–Cuando te fuiste, estuve a punto de beber otra vez. Te odiaba.

Audrey contuvo el aliento.

–¿Pero ya no me odias?

–John me ha dicho que se lo contaste a Helen. Y aunque me mintieras sobre quién eres, sé que no me mentiste sobre lo más importante. Sé que crees en mí, Audrey, en mí, no en el Vaquero Solitario. Y me has hecho creer en mí mismo.

–Te quiero, Mark –dijo ella entonces.

–Dilo otra vez.

–Te quiero.

–Quiero que me lo digas todos los días. Podemos casarnos aquí mismo en Fort Worth, si te parece. Supongo que querrás que vaya tu familia...

–Un momento, Mark. ¿De qué estás hablando?

–De nosotros, del rancho, de todo.

–¿Quieres que me vaya a vivir al rancho?

–¿Quieres vivir en Dallas? Supongo que podríamos comprar una casa allí. Pero yo tendré que ir al rancho todos los días.

–Pero...

–¿Qué? ¿Estás preocupada por tu carrera? Supongo que puedes seguir escribiendo para la revista... aunque, la verdad, me gustaría que parases un tiempo. Si vamos a tener hijos...

–¿Hijos?

–¿No quieres tener hijos?

–Perdona un momento... ¿has mencionado antes la palabra boda?

–Sí.

–Pero si no me has pedido que me case contigo –protestó Audrey.

–Cariño, vas a casarte conmigo.

–Me gustaría que me lo pidieras –sonrió ella, intentando controlar los latidos de su corazón.

Mark dejó escapar un suspiro.

–Señorita Tyson, ¿querría hacerme el honor de convertirse en mi esposa?

–No.

–¿Qué? ¿Por qué no? Has dicho que me quieres.

Audrey apartó la mirada.

–Pero tú no lo has dicho.

Mark sonrió, tomando su cara entre las manos.

–Te quiero, Audrey. Adoro tus ojos, tu sonrisa, tu espíritu. Y ahora, ¿vas a casarte conmigo o quieres que te arrastre al doble M para vivir en pecado?

Cómo le gustaba oír esas palabras. Sabía que nunca volvería a sentirse vacía. Aun así, vaciló. Había algo más. ¿Debía decírselo sin estar segura?

–Si no quieres casarte conmigo... –empezó a decir Mark al ver que dudaba.

–No, no es eso. Es que... nuestro primer hijo podría llegar en ocho meses.

Él abrió mucho los ojos, pero no dijo nada.

–¿Mark? ¿Estás disgustado?

–¿Disgustado? ¿Cómo iba a estar disgustado? ¡Voy a ser el mejor padre del mundo, te lo juro! –exclamó, abrazándola.

–Sé que será así. Y si estás seguro, me casaré contigo.

–Claro que vas a casarte conmigo, aunque tenga que echarte el lazo y llevarte así a la iglesia.

Audrey soltó una carcajada.

–¿De verdad me habrías dado el rancho si hubiera ganado?

–Cariño, ninguna apuesta es suficientemente alta para ti –sonrió Mark, inclinando la cabeza para buscar sus labios.

Ella suspiró.

–Mientras la apuesta sea el amor, no.

# *Epílogo*

El fin de semana del cuatro de julio estaba siendo una celebración. En lugar de viajar de ciudad en ciudad, de rodeo en rodeo, Mark estaba haciendo hamburguesas y vigilando a su hija de cuatro meses, que jugaba a su lado en el parque. Alyse Helen Malone tenía los ojos azules de su padre y el pelo rubio de su madre.

Mark miró el jardín, que había cambiado tanto como él. Antes había malas hierbas y una piscina descuidada; ahora, estaba lleno de gente celebrando la reunión anual de la asociación de niños huérfanos que tan importante había sido siempre para él. Docenas de críos jugaban al baloncesto, nadaban en la piscina o montaban ponis en el corral.

–¿La niña está bien? –preguntó su mujer, acercándose con un bol de patatas fritas.

Su mujer. Seguía sin creer que hubiera tenido esa suerte. Aunque el mes anterior habían celebrado el primer aniversario de boda.

–¿Mi angelito? –sonrió Mark, dejando la espátula para tomar a la niña en brazos.

–¿Angelito? Pero si es un torbellino –sonrió Audrey, abrazando a su marido–. ¿Quién iba a decirme a mí que me casaría con el Vaquero Solitario? Gracias, señor Malone.

Mark tragó saliva. No quería ponerse romántico delante de los niños. Eso podría esperar hasta la noche.

–Soy yo quien debería darte las gracias.

Qué demonios, se dijo entonces. Le daba igual que hubiera gente mirando. Dejó a Alyse en el parque y tomó a Audrey entre sus brazos para besarla con toda la pasión y la promesa de lo que estaba por llegar esa noche.